河南评论家文丛

悦与道

孔会侠 著

河南大学出版社
HENAN UNIVERSITY PRESS
·郑州·

图书在版编目(CIP)数据

悦与道 / 孔会侠著. -- 郑州 ：河南大学出版社，2022.6

ISBN 978-7-5649-5176-4

Ⅰ. ①悦… Ⅱ. ①孔… Ⅲ. ①中国文学－当代文学－文学评论－文集 Ⅳ. ①I206.7－53

中国版本图书馆 CIP 数据核字(2022)第 102428 号

项目总策划 侯若愚
责任编辑 侯若愚
责任校对 韩 露
封面设计 翟淼淼
出版发行 河南大学出版社
地址：郑州市郑东新区商务外环中华大厦 2401 号 邮编：450046
电话：0371-86059701(营销部)
网址：hupress.henu.edu.cn
排 版 河南大学出版社设计排版部
印 刷 河南瑞之光印刷股份有限公司
版 次 2022 年 6 月第 1 版 **印 次** 2022 年 6 月第 1 次印刷
开 本 890 mm× 1240 mm 1/32 **印 张** 9.25
字 数 166 千字 **定 价** 46.00 元

目　录

第一辑

第二辑

第三辑

第四辑

第一辑

论新世纪以来市场化文学的特征与发展趋势

发生在二十个世纪末最重要的文学事件是：无论情愿与否，文学到底还是被纳入了市场化过程，被迫作为消费商品接受那难卜命运的考验。“社会主义市场经济不但从根本上改变了文学固有的生存环境和生存方式，而且使文学的价值观念和作家的创作心态发生了巨大的变化。”①作家们或者识时务地主动调整，或者被迫一番挣扎之后改变自己的写作，期望作品能在市场上占有比较大的份额，从而收获比较丰硕的名利成果；期刊被迫纷纷改变品位风格，甚至进行彻底的改弦易辙，自食其力，放弃和迎合的抉择让他们在痛苦的两难中，无奈地选择了后者；评论界空前热闹喧嚣，各种会议不断，一次次探讨文学的未来趋势如何，不同观点的文章迭出，发表各家

① 王晓文.论 90 年代以来中国文学的市场化潮流[J].东岳论丛，2006,27(3):147.

的警示和预测。确实，文学市场化对中国文坛来讲，是席卷全部的空前浩大的狂飙飓风，没有能静立在外的观望者，都在参与其中的同时思变并寻求适应。现在，这股风潮已趋于平缓稳定，一些特征渐呈明朗化状态，评论者到了梳理文学市场化特征和理性分析此类特征所隐蕴的未来发展趋势的时刻了。

一、新世纪文学市场化的特征

尽管，新世纪以来关于文学媚俗的批判层出不穷，但笔者认为，刻意的唯金钱而媚只是发生在某些时段个别作家身上的现象，大多数作家确实调整了写作手法，作品中或多或少渗入了大众易于接受的文学因素，但总体而言，严肃的为文精神还是普遍存在于许多作家的写作态度中，执着的文本追求还是能在文字中处处彰显。因此，今日的文学在我看来，并无须悲观，正如张颐武所指出的那样，“从今天‘新世纪文学’的立场观察九十年代的‘后新时期’，我们可以看到当年想象的民族的堕落和‘人文精神’的失落的恐怖景观并未呈现”。① 当然，无须悲观是指文学尚未堕落到以前有些人预测的危险的丧失地步，一塌糊涂、不堪整修的境况。文学市场化现象需要

① 张颐武.九十年代与今天：文学的命运[J].文学自由谈，2004(2)：93.

评论界正襟而坐，庄重从容面对。文学评论必须庄重，因为市场化对文学的左右和影响在一定程度上阻滞了文学向上向前的良性发展，还使一些不良杂质侵入了文学的身体内部，从而引起了一些病萎的并发症状。文学评论可以从容，因为当前读者群的选择趋向和作家的写作还是有让人可以重新树立信心、看到希望的地方。

综观市场化以来的文学，我认为有以下四个方面的主要特征需引起关注和思考。

1. 市场化意识形态的形成与读者绝对权威地位的确立

新世纪以来文学显现的最大最重要的特征是由读者意志决定的市场化意识形态的形成。市场化意识形态的根本作用在于对文学的最大冲击和改变，把作家和作品曾经一贯的主体地位降为其次，而接受者——读者的地位因其购买力的存在具有了利益源泉的作用，从而自然地列为文学关系链条中的首位。迄今，可以毫无疑问地下结论：读者绝对权威地位已经确立。十几年来文学与市场已由最初伴随着疼痛的被迫磨合发展到今天的比较默契，根本的原因就在于由读者阅读趣味决定的市场化意识形态起到的有效调控作用。市场化意识形态无关乎真正的人文精神，亦无关乎上层建筑，是经济年代特有的文化现象。在经济社会时期，文学界再也无法保持自身遗世独立的“桃花源”，如想生存必然面临被裹挟而随经济法则运行的命运。文学无奈地选择进入市场，在市场化意识形态的操控和读者绝对权威的指挥棒下，经历着不甘心的被迫蜕变。市场化意识形态侧重以追求发行量为目的，所以最大限度地遵从读者的选择意愿，但就中国目前的读者群，尤其是具备购买意向和购买能力的读者群而言，他们选择作品时表现出了一定的盲目和低级趣味的特点，出现明显的看重作品非文学因素的"门外汉"现象。因此，市场化选择文学时就削足适履，毫不吝惜地在很大程度上牺牲文学的审美性，牺牲文学真正的育人怡心功能，最大限度地求文学"吸引眼球的养眼作用"；文学，数年来主要履行着"消遣""娱乐"的商品化功能。在发行量的影响下，二十世纪九十年代文坛曾不断上演着风行一波又一波的诸如"欲望表达""身体写作""美女作家"等潮流，是书商和作家的联合体对读者的自觉靠拢和有策略有计划地对读者的获取。可见，"以读者为上帝"的市场化意识形态限制化、狭窄化了文学的发展，降低了作品的艺术水准，也冷落、孤立了一些真正坚守心中文学理想的个性化作家，一定范围内埋没了他们真正的优秀作品。只是目前读者的兴趣有了些改观和进步，"身体写作""欲望写作"等都有明显的退潮现象，随之而来的是带着社会现实生活气息的思考性作品被广为关注。

2. 文学与现实的相贴并行关系得以强化

毋庸置疑，中国小说最浓重的气息便是现实主义，中国大众潜意识里判断文学的标准就是是否具有“真实性”，于是他们的接受原则很大程度上就是作品的内容及思想感情倾向能否和自己的社会经验吻合，能否引起他们最多的经验世界的同感或共鸣。先锋派作家的探索因为中国受众接受意识中的现实主义根深蒂固而缺少适宜的发育土壤，所以不合时宜，终于走向穷途末路。其实，我认为，现实主义的大面积占领文学领域除以上因素外，还有一个更重要的原因：二十世纪八十年代末九十年代初全球文化市场化背景下，中国文学市场化的萌芽和早期发展斩断了先锋派进一步持续探索的可能。于是，九十年代中期以来一个最显著的文学现象是现实主义绝对的主流局面。作家不可能悬置在文学发展大潮的顶端飞越前行，他们能清醒透彻地预先看到自己作品的命运及途径。作家们明白，读者阅读文学作品的最大期冀是找到当下社会背景下“我”和生活的影子，不尽完美的普通人，想从作品低水平或零水平的道德判断和价值判断中，寻求自我缺陷的有效慰藉和良心解脱，以及某些心理上的安然与自得。在经济社会，名利是芸芸众生追求的毕生目标，曾经以文学精神为理想的作家被经济社会的热潮最大限度地激活、释放了自己内心对物质利益的欲望，有些作家不管不顾、毫不迟疑地投身商业写作当中，有些作家通过粉饰自己的文学观点使之与大众消费保持基本精神的契合，然后在有限度地保持某些艺术审美性的同时进行迎合写作，“犹抱琵琶半遮面”。部分文学期刊开始改版，作家开始转变，现实主义面露狂傲的征服者神情，占领了文坛的部分领地。

“官场小说”就是最好的例证。作为对社会最大问题的关注与揭示，“官场小说”引起了国人高涨不断的反复消费的热情，虽有近二十年的历史了，但整体创作水平并不比起点高。“官场小说”艺术缩水不要紧，在国人对官场的“窥视欲”和热衷心理不变更的前提下，畅销是必然的。读者的接受遮蔽并中断了文学的审美性，最大限度地夸大了文学的现实仿真性，王晓方的《市长秘书》首印十六万册便是最好例证。“新写实”的池莉是中国畅销书的品牌作家，原因在于她与时俱进地、形象地复制着当代人发展状态的生活样貌，并且，最深得人心的是：她对于商业文化浸染下人们的精神状态给以展示，并予以不加判断的肯定甚至人性上的默认，这使受众的内心获得了极大的妥帖。“打工文学”“底层文学”等一方面因为作家基于人道主义关怀的底层表达，但另一方面因为这是现实主义强大写作态势下的必然主题传承，也是文学界有意地对更大量的底层受众的笼络，目的是更多购买力的获取。文学是关乎灵魂诉诸想象的作家主观性产物，被压制在现实写作意识中的文学想象力遭遇一定程度的短路和残缺，没有想象力和生命探索的文学只是与一篇通讯、一段录像起同样作用的社会生活的纸质复制品。缺乏远距离的批判和沉思的文学，缺乏指引和诗性的文学，在当前如何走出"仿真"的困境很需要商讨。

3. 影视、传媒合力对文学的影响和名人效应

2008年初，我在兰州市"纸中城邦"做了简单调查（后来在不同的大书店甚至盗版书市场也做过调查），发现文学书籍的市场发行量有一个共同特点：凡是发行量大的作品，一是与同名同剧情的影视剧深入人心、广为流传有关，二是与名人效应的作用有关，三是与大众关注的焦点直接有关。刘震云的《我叫刘跃进》一版二十万册；都梁的《血色浪漫》已是第十一次印刷，印数不详；《亮剑》第三次印，共印了五十五万册；易中天的《闲话中国人》第二十七次印刷，共四十七万册；叶辛的《孽债Ⅱ》五十万册；王朔的《和我们的女儿谈话》《致女儿书》都是二十万册；《藏獒》五十一万册，《藏獒2》二十五万册，《藏獒3》十五万册；《狼图腾》长盛不衰，第三次再版，共印一百一十万册。这里暴露出的一个根本问题是：读者大多缺乏指引，不是出于个人兴趣的自主选择，而是受流行文化的引领，"一窝蜂"地扎堆进行文化消费，这说明在中国文化文学消费领域的"麦当劳现"象已十分明显，并且呈现普遍化的稳定特征。市场化时代是特别善于制造能主宰我们的东西的时代，而我

们这个族群特别容易认同和依附。在阅读文学作品的过程中，读者不是想汲取心灵的充实物，获得精神上的不断丰足，而是像追求时髦衣服、西式快餐那样唯恐落伍，赶着文化的风潮进行时尚消费。电视连续剧《亮剑》在各个电视台无休止地滚动播出，读者再手拿一册书籍所为何来？眼睛已经看过的事物对读者的吸引力究竟能有多大？最好的解释是：读者是被影视和报纸的传媒合力牵着走的盲目追随者。尽管声势浩大，却颇显时代的无趣和国人盲从的无聊。于是，对读者有意有益的疏通引导成了影视与传媒的重要责任，这甚至事关到底要让中国再出什么样的族群这个根本大计问题。评论者的空间和舞台相比垄断性的宣传阵地的影响来讲，是被遮蔽得近乎无，可悲地被逼仄到只在内部发声，声音微乎其微，到读者群时因重重障壁的阻隔而渺茫无响。那已然成了大众文化追捧的名作家此时自顾自地跟风卖乖，因物质利益的诱惑而与传媒大众口味保持同调，精于贴合，疏于提升。王朔的《致女儿书》，在我看来，就是一个才情残留不多的作家勉强在作才情丰盈的伪沉思状，用的是他以往作品胜利的法则——直率大胆的调侃，加上貌似卖点的作家亲情表述转型。不过如此，王朔不再能成为王朔了，聪明地在目录上设些小卖点吸引有窥视欲的读者，其实读完后很失望，当然某些地方语言的机敏和对社会现象透视的彻底还是显而易见的。大家争相购买，“名人滥作”与“新人佳作”同样上市，但前者好卖，后者却长久寂寥地落一纸世俗的尘灰罢了。读者的追捧心态近年来有了一些改变，但是并不明显，处于浅浅淡淡的萌芽状态，其生长壮大还有待时日。

4. 更加多元化的写作态势

“消费者数量的急剧增长、消费市场的急剧扩大，对精神产品的需求也急剧膨胀，精神生产者的队伍也迅速扩张。不仅是数量的扩张，而且是种类的扩张。”①市场化的根本原则是按消费者的需求进行生产与销售，同理，文学作品的出版也围绕读者的口味需求。市场化以来，文学不再是专业圈子内部的事情了，而是因市场的强大作用，越来越广泛地进入各种不同人群的眼界范围和生活领域。二十个世纪初，一批文化精英为文学的大众化探索出完全崭新的表达方式——白话文，从而让文学从庙堂之上进入寻常百姓视野。可是，因受教育水平、识字能力的问题，那个年代的文学与大众仍是隔膜关系。今天，文学因纸质媒介的宣传而与大多数民众发生瓜葛，因影像媒介的普及而实实在在存在于日常生活中，同时因为受众识字能力与闲暇精力的保障而使文学与读者的关系空前紧密。二十世纪八十年代的文学是多元化的，作家因不同的

---

① 施惟达、樊华. 论消费主义时代的精神生产[J]. 文学评论，2006(3)：20.

文学风格追求和写作使文学一度繁荣。但今天，文学呈现出更加多元化的开放局面，也表现出更加多层次的复杂状态。读者因年龄、文化水平、职业、生活经历等因素的影响而表现出不同层次、不同风格的文学需求，因此多元化发展是一种趋势，也是唯一能满足消费群体不同层次审美需求的现实。第一个方面是写作题材和内容的多元化。青少年读者是文学消费者群中很大的部族，他们凭激情购买，因追捧偶像，多是跟风，有不分优劣之嫌。韩寒的《三重门》卖了一百多万册，郭敬明的《梦里花落知多少》发行量也突破百万，流行文化元素对青少年影响作用很大。另外，就青少年的阅读选择而言，玄幻小说也被他们热情高涨地接受和喜欢，网络上流传广泛的作品就是例子。但成年读者不同，他们多把文学作镜子，希望从中透彻地看到社会的纹路和自我生活的影像，有时也把文学当成繁忙工作之余的消遣安慰，想从中获取共鸣。因此，反映社会问题的官场小说历久不衰，反映市井平民生存悲苦、柴米油盐、邻里亲朋琐屑生活的作品广受欢迎，如池莉作品中某些共同的认识易于让受众自足自慰，某些共同的苦乐易于让读者亲近接纳。言情、侦破、武侠等这些娱人耳目的准通俗小说迄今仍能分得市场一大杯羹，只是杂糅了更多元素。农民工、打工族是最为庞大的一支队伍，他们因为挣钱的艰辛不具备期望中的购买可能，也没有明确的文学口味趋向，但是打工文学、农民工题材的作品还是能让他们处于漂泊状态的灵魂得以喘息，得到温暖。这些反映他们生活艰难的作品因为购买力的问题距离他们较远，他们其实是盗版书和盗版碟的最大购买群体。第二个方面是写作方式上的多元化。纸张文学一直是文学发行的主流，但新世纪以来，一个必须面对和亟待梳理的文学事实是网络文学。那庞杂的数量和繁多的种类，那更为庞杂的读者群，在纸张之外的屏幕上，文学以更直接、更有活力的状态与读者发生更近、更多的关系。第三个方面是写作风格的多元化。无论写实主义的传统多深厚，受众对现实主义的倾向和依赖有多大，在现实主义的主流之外，仍有作家坚韧地进行着现代主义的叙事方式探索，如格非的《人面桃花》、韩少功的《暗示》等。即使在现实主义之内，也有许多作家在保留写实性的基础上不断融入新异的质素和技巧的创新，如鬼子的新作《一根水做的绳子》、余华的《兄弟》、阎连科的《丁庄梦》等。这些质素拓宽了作品的意蕴空间，增加了阅读的审美享受，丰富了现实主义的表现可能。

对文学当前特征的把握是为了进一步分析未来的发展趋势，任何现在时态都潜藏着前路的脉络痕迹。就今天文学发展的状况而言，有两个方面的变化会持续很长一段时间，并会进一步影响以后文学的发展格局。

文学与影视的结合会更加普遍、更加深入，这给文学和作家带来的好处是通过影视的桥梁作用吸引更多读者进入纸质文学世界。其实,文学与电影的结合是早就常见且全世界普遍的事情。我们很熟悉的外国电影《乱世佳人》《阿甘正传》《亡命天涯》等,都是由小说改编而成;现代文学史上的很多名作也被改编成了电影,如《祝福》《骆驼祥子》《子夜》等,张爱玲有段时间还曾经专门从事剧本创作;近几十年我们喜欢的堪称经典的电影绝大部分也是从文学作品改编而来的,如《黑骏马》《芙蓉镇》《半生缘》《霸王别姬》《大红灯笼高高挂》《红高粱》《活着》等,有一些好的电视剧也是由文学作品改编而成的。可见,小说是影视剧本的一个重要来源,写剧本也成为20世纪和新世纪文学创作的一种重要方式。目前,电影界人士普遍认同文学对提升电影品位、丰富电影内涵的作用,张艺谋就坦诚地说:“我首先要感谢文学家们,感谢他们写出了那么多风格各异、内涵深刻的好作品。我一向认为中国电影离不开中国文学,你仔细看中国电影这些年的发展,会发现所有的好电影几乎都是根据小说改编的……中国电影永远没离开文学这根拐杖。”①曾任广电总局电影局副局长的张宏森认为,文学是电影的母体,足够的文学精神和品格是评价一部优秀电影的重要标准。张宏森曾经在讲话中说:“我们希望文学

① 李尔葳.张艺谋说[M].沈阳:春风文艺出版社,1998.

能够为电影提供良好的养分,呼吁写小说、诗歌的以及其他作家,能够过渡、补充到编剧队伍中来。”由此可以推测,电影主动向文学借鉴、靠拢不过是开端而已,两者结合的发展和高潮会很快来临。

眼下,有些作家自觉地把创作重心转移到影视剧本上来,他们看重的是剧本创作带来的名利双收,有些作家仅仅是兼职一下而已。无论哪种,著名作家的“触电”已是普遍的现象了。必须认识到的文学生存的时代事实是:文学日渐边缘化后,很多好的作品只是孤独地存在于精英范围之内,得不到广大受众的认可和接受。相反的事实是:影视越来越成为文化消费的核心,一本好书的读者多不过千万,一部好电影的观众却可以破亿。所以,影视是这个时代的最强音,影视主动向文学作品靠拢依附,对作家来讲,肯定是好事。经济社会中的作家对物质的渴望是正常的,何况,同名影视的播出会反过来带动文学作品的发行,催化作品的社会效应,让大众熟悉自己,逐渐再发展成为“品牌编剧”,何乐不为?一些聪明的作家就主动顺势开辟自己更为广阔的受众天地,以影视的手段传达自己的思想认识和文学追求。如刘震云,他的《手机》《我叫刘跃进》就是很成功的例证,同名小说《我叫刘跃进》一版就是二十万册,影视的宣传作用功不可没。早就“触电”的王朔说:“我越来越觉得有一个东西需要改变,就是传达思想和情感不只是写字的方式、文字的形式，还有别的形式也很有效，比如视听的形式。好的电影并不比好的小说差，而坏的小说可能比坏的电影更没法看。在这里，好与不好是重要的，形式是什么并不要紧。我觉得，用发展的眼光看，文字的作用恐怕会越来越小，一个时代有一个时代的最强音，影视就是目前时代的最强音……我们为什么不去掌握？"①作家与电影的结盟局面良好，对期待值不断提高的电影业与安静已久的文学界，无疑都注入了振奋的力量，很好地实现了双赢——作家给影视带来深度的可供思考的意蕴和耐人寻味、生动有趣的故事，影视给作家带来大量的读者群和广泛的接受效应。展望未来，我们可以有理有据有信心地预见：借助"时代最强音"的带动，会有更多的作家和作品不再落寞，文学作品无人问津的局面将慢慢改善，人们对文学的喜爱和文学对人们生活的影响是必将到来的事情。再远一点展望，当人们由更多同名影视带动的阅读习惯形成以后，对文学投入的精力和财力就会增多，文学作品的社会回声就会逐渐热闹起来。

读者群层次的逐渐提高，使文学这种人类文化精神的最好载体，迎来了被更广泛欣赏接受的可能。尽管当下较为低级的阅读趣味和跟风阅读还普遍存在，但从一些严肃文学流

① 白烨、王朔.选择的自由与文化态势[J].上海文学，1994(4).

入市场并且日益强盛的迹象来看，我们读者的阅读水平还是有了很大提高，因此，他们自觉追求有意蕴、有美感的文学作品是一种趋势。第一个方面，随着中国教育体制的改革，公民受教育的层次普遍提高。我们的语文教育从小到大连续十几年，大家对文学积累了一定的审美经验，那些粗制滥造的作品无论怎么迎合谄媚，最终还是会被抛在读者的精神世界之外。第二个方面，影视剧近几年追求深刻，追求艺术性，也在一定程度上提高了读者的理解能力和欣赏水平，影视与文学在很多方面是相通的。第三个方面，现在，中国人经历了长久的向物质利益狂奔后，很多人自觉空虚无聊，有意识地转向文学这一精神载体寻求补充和丰富，他们的阅读不再是为了消遣和感官刺激，相反，长久的消遣之后是乏味和厌弃，他们开始积极选择能影响心灵、提升境界、引起沉思的厚重之作。现代人的生存压力很大，生命体验很多，不肤浅的有思想者人数众多，散落在社会的各个角落，这些人都可能是严肃作品的阅读群。我过去的很多同学对文学的看重和选择就是如此，他们不热衷于选择卫慧，而是选择贾平凹、刘震云、鬼子甚至史铁生。由此，即使在市场化背景下，即使文学要经受漫长的时间考验，有日益增多的这样的读者，文学会维持下去，发展轨迹会反弹上来。因此，作家的写作要注重读者的存在，读者这一市场化的重要因素直接影响文学作品，现在“读者的大脑绝不是一块白板或空地，被动地等待着一部作品的内容来填充，读者更像是一个染缸，在接纳的同时随时准备修正甚至同化它的对象”。所以，作家要有针对性地调整自己的创作方向，读者期待拓宽视野是作家创新作品的主要依据。读者的阅读兴趣也是会发生变化的，“盖文体通行既久，染指遂多，自成习套”。文学的提升就是创新，要彻底打破文学期待的熟悉视野，读者要逐渐形成和提高自己的知识结构和审美水平，作家要适应读者的需求，尊重读者的需求，写出能拓宽读者视野的作品。如此的良性循环形成之后，无须评论者和作家蹙眉感慨，文学势必会良性发展下去。

市场化背景下的文学特点是需要引起评论界关注讨论的，评论界的视野需要开阔务实，认清读者是决定文学发展的首要因素，改变关起门来自热自说、毫不关注社会影响的评说习惯，雷达老师就一针见血地指出：“批评与读者，存在着评者自评、读者自读、热者自热、冷者自冷的互不相涉、漠不相关的现象。”评论家要真正深入到这个时代的文学事实中去，切实研究读者群体的详细情况，在读者和作家之间搭建沟通的桥梁，让彼此都能走近并了解对方的情况，如此状况下，评论者对文学史和文学事业才尽到了责任，不枉嘴边的“热爱”二字。评论者对文学的热爱体现在文学母体陷入低谷时的奋力拯救，体现在市场化背景下竭尽全力地免俗拉拔，而不是沦为物质利益引诱下的涂脂抹粉。评论家不是产品包装师，手里掌握着花花绿绿的彩纸，有人出钱的时候就大把拿出，把那并不怎样的作品包装得精致华丽，好像天下无双那样，如此，评论者充当的是文学精神随俗沉沦的帮凶角色，何谈“热爱”二字？除真诚正直的责任心外，评论者还要眼光放长远，自觉重视年轻一代的读者，“鉴于这一代人将在未来相当长一段时间内主宰中国的精神生活，所以我们的文学界应当认真地研究他们的理解方式和价值观念，最好能给他们注入一些可资永恒追求的、超越世俗状态的精神价值”①。如此，在评论界的导向作用下，在读者期待视野的不断提高下，在作者的严肃创作下，我们可以相信：文学在未来的市场经济条件下是会更好地存在并发展下去的。

① 冯黎明.在崛起的时代——思考新世纪中国文学的生存环境及其应对[J].文艺争鸣，2007(11)：156.

山花已然灿烂

——论“底层文学”的多重主题追求

“底层文学”的真相存在于大量的关于“底层”的文本中，而写“底层”的作品占中国文学作品的大部分。因此，将“底层文学”的研究讨论局限在几个被指认的代表性作家身上的做法有失偏颇。那么，将 20 世纪 90 年代中期(这是“底层”概念提出的时期，也是中国社会转型呈现明显分化的时期)以来的“底层文学”全面纳入视野，不得不说，近几年评论界的质疑与否定跟文本事实并不相符，大量表现“底层”的作品证明：“底层文学”的主题是开阔多元的，“底层文学”的写作也呈现出进步的融合新质的好现象。

关于贫富分化后的“底层”表现，事实是文本远远早于评论。直到 2004 年，曹征路的中篇小说《那儿》在《当代》第五期发表，才引起了评论界对“底层写作”及一系列相关社会问题、文学问题的讨论。于是，“底层写作”和关注底层成为文坛最时髦最主流的话题。尽管有些论者认为没必要人为地掀起“底层文学”的讨论，但我觉得在商品化年代，在很多作家都不再能够真诚体恤底层群体、众多底层群体的处境还不很乐观的时期，树起“底层文学”这一并不新鲜的旗帜，还是有一定意义的，尽管这意义可能是某一历史时段的价值体现，但在这一历史时段，“底层文学”能够穿透黑暗与脏浊，点燃一些温暖明亮的烛光，也是价值所在。文学应该追求超越历史的永恒意义和终极关怀，但文学切实地关心当下也未尝不是一种意义与追求，尤其是以物质利益为写作目的的作品泛滥的年代。

近年来，关于“底层文学”的质疑之声一直不绝于耳，批评与否定大多聚焦于“底层写作”苦难化、模式化的单一主题倾向。确实，在有些关于“底层”的作品中，底层形象只是苦难挣扎的写意性符号，缺乏鲜活生命感，缺乏对文本自身多重意蕴的发现与挖掘，也实在有狭隘化、不利文学发展的嫌疑。“底层”的生活被误解为“苦难泥沼中的永远煎熬”，一些被封号为“底层作家”的作品表现出“苦难叠加式的情节累积”，如此单一的主题取向，给读者带来的是痛苦压抑的阅读体验。有些作家善于、乐于打苦难牌，好像越是苦难越是能体现出鲜明的社会批判色彩，越是能显示作家浓厚的人道主义情怀。这实在是某些作家浅显的片面识见。

“底层文学”是以写作对象来界定的概念。底层，指社会阶层中最广大的劳苦大众，他们身体层面确实承受着过多的劳累，人格层面确实承受歧视过久，但作为一个有生活有血肉有神经的个体，他们在悲伤之外自有欢乐的时刻，在苦难之外自有甜蜜的感觉。“底层，绝不仅仅意味着苦难”，其人性意义、精神意义等不容忽视。实质上，“底层文学”既然以文学对象论，那就应该不局限于几个代表，而应放眼整个文坛的实际写作，以众多文本为研究对象。“底层文学”从来就不是几个代表作家的事情，而是整个文坛的事情，底层文学的成就与特色也从来不体现在几个作家的作品里，而是体现在更多的优秀作家的作品中。如此细细打量，我欣喜地发现：“底层文学”实质上在同情苦难的基调外，也一直在探取着“底层”的丰富与博大，他们不想当然地表现“底层”，不人为地制造精英与“底层”之间的距离，以真正体恤尊重的态度去表现底层生活的丰富与底层精神的驳杂，也因此能写出真正的切合真相、表意复杂的“底层文学”。

就文本事实而言，“底层文学”的主题在作家笔下并不单一，而是呈现出可代表近十几年文学主题追求的多重意蕴特征。“底层”在此是通向作家多样化思想追求的平台。

“底层文学”的首要主题仍然体现出现实主义精神的核心价值——社会批判性，这是大量相关文本的首要主题。但在保持社会批判意识的基础上，一些作家孜孜以求于作品主题的更加阔大深远，追求巴赫金分析陀思妥耶夫斯基时的“复调”效果，营造出作品意蕴多重的可能性，使文本呈现出更为丰富多义、令读者品味良久的内涵。也就是说，“底层文学”实际上渗透于社会批判主题之中或者包含与社会批判主题平行的另外主题意蕴，也呈现多方面丰富多彩的精神追求。

总而言之，“底层文学”的意蕴价值主要体现在以下几个方面。

一、现代语境下的社会批判。底层文学作为当前体现现实主义最明显的例子，其基本的批判性母题或浓或淡地存在于绝大多数文本中。现实主义的根本母题就是社会批判性。现实主义的根本特征是真实，从古至今还没有一种社会形态让人满意，总有让人感叹愤慨的不平之事出现。现实主义作家常见的写作习惯是以笔为器，书内心难隐之绪，揭周遭不堪之事，表自我判断之倾。几十年来，中国在现代化的道路上摸索前行，学人关于西方现代性话语的介绍研究也常成关注热门，全球化背景下中国全面现代化之规划到底如何实现，在什么样的程度上实现，是政界思想家耗力费神探索的核心命题。只是，在大都市发达的表象外，底层，如此广阔存在的最下层人群，与现代文明、现代生活方式、现代民主权利等并不接壤。他们是广袤大地上不被现代光环笼罩的大多数。他们的生活依然贫困，尽管大多温饱无恙；他们的地位依然不高，平等只是一个距离尚远的梦；他们的精神仍然荒芜，精神文化是生存世界之外的事情。在这样的社会背景下，保持现实主义传统写法的多数底层文学，不得不呈现出共通性的母题性主题——批判社会。在当前语境下，批判社会的具体所指体现在以下几个方面：1. 对牺牲底层利益、道德面临溃败等不良现象的质疑。这实质上在20世纪80年代就已经被某些敏感的作家捕捉到文本中，只是并不那么尖锐，混沌于其他主题中或者在大众的高涨情绪中淹没，如莫言的《愤怒的蒜薹》、张炜的《秋天的愤怒》、田中禾的《五月》、李佩甫的《金屋》等。到20世纪90年代中后期，当这种种现象明显化、普遍化后，更多作家的更多作品就对此进行更加频繁的揭示。例子多到举不胜举，有些甚至激烈直接，如陈应松的《太平狗》、曹征路的《那儿》、鬼子的《被雨淋湿的河》等。2. 表达对弱势群体的深切同情，对社会体制的不满。这类主题的作品多和前一主题交叉互渗互表，共同体现了作家对底层民众处境和命运的关注。如一直展现底层，后来被冠以"底层作家"封号的刘庆邦。实质上，刘庆邦从20世纪80年代的《走窑汉》开始，就以现实主义作家的入世情怀关注社会世相的变迁，表现底层民众生存、精神等层面在经济社会的变化。之后，刘庆邦一系列关于煤矿工人和豫东农民的作品，都流露出对底层深切的关怀，对官僚化体制显然不满。底层文学的作品大多如此，如曹征路的《那儿》《霓虹》《问苍茫》等，陈应松的《松鸦为什么鸣叫》《太平狗》等，温亚军的《赤脚走过桑那镇》《嫁女》等。3. 对“人”与社会异化问题的暴露。这类作品，受西方现代主义作家尤其是卡夫卡对社会判断的影响，发觉中国现代化过程中出现了更明显的荒诞和异化，这种非正常社会状况、非正常人群处境、非正常人心变异表明了底层文学社会批判主题的深度所在。这类作品数量相较而言并不多，而是集中体现在一些专注文学、视野开阔、文笔深邃的作家身上，如鬼子广受好评的代表作品《瓦城上空的麦田》。

二、民间精神的发掘倡扬。精神，最终将是我们这个时代最重要的灵魂食粮，只是，已经粮荒却不为人觉。我们这个时代的悖论很多，就精神而言，许多官人商人是社会的统治层精英，但他们不仅不是楷模还常常暴露出社会的很多短板。许多知识分子处于中产阶级的地位，常常把讨论人道主义、声讨不道德放在嘴边、码在手下，除个别人会发出真诚的焦虑之声外，很多是拿来演戏装扮，为自我精神形象涂脂抹粉的。真正的精神资源和精神尚存者在哪里？民间。那默默在贫困中生存的底层群体里，有我们这个民族血性侠义精神的内隐，有我们传统文化精神宝贵遗产的传承。如鬼子的《狼》，生存艰难的山村老人，在途中抱起因身体残缺而被抛弃的婴儿，再也不忍撒手、不能撒手，直到老伴去世家底耗尽，这种静默的以生命付出的真情义是人类精神最温厚最美丽的本真光华，强过那开发布会秀慈善的大群伪徒。如雪漠的《狼祸》，在生态恶化到好似人世末路的时刻，众人忙碌的是你争我斗，只有一位老人孟八爷，识大体，怀大义，冒生命危险深入沙漠腹地到内蒙古讨药，阻止狼与人之间仇恨的恶性循环。其间，他被人围追，迎面遇上骇人的沙尘暴，九死一生，毫不犹豫，信念坚定，为大局为子孙舍生忘死……类似作品还有很多。善良、同情心、舍身取义，本身就是民间精神内涵。

三、温善人性的诗意表颂。这与上一主题呼应的是对底层真善美人性的挖掘表现。在对世事的感叹唏嘘中，有些作家顽强固执地在文本中书写着人性的真善美。“人之初，性本善”，这个《三字经》里最被熟知的话语在当代文学欲望化泛滥的时期，遭遇了最多的否定和最普遍的改写。本性，善恶杂糅，欲望是最有力量的风向煽动者。自从弗洛伊德、荣格等的学说影响中国作家关于本性的认识之后，本性的欲望化表现就成为文本中不被规约的自然存在，从而有关于各种欲望赤裸裸地坦露在作品中。直到疯长的欲望成为愚夫释放出的魔鬼，它巨大的危害性酿成丑陋醒目的社会事件后，思想界才重新回归那被鞭挞的传统文化，找寻能在魔瓶上封口的贴条。为什么一定要反复走不必要的弯路？一定要浪费那么多的财力物力人力去为最初的不当决定付出高昂代价？人性，如何向善，是否真的本善成为一些作品的主题探究。当然，不可否认，从沈从文把自然人性供奉在希腊小庙开始，关于人的自然属性的探究就从未停息过。前几年，关于人性的探讨更是如火如荼，人性一时也成为衡量作品的一把标尺。在当下，人性仍然是文学作品中永恒的主题，当前的沉静也许是最好的探索表述状态。底层，尤其是没有受知识等调节影响的底层，行事常常依凭生活中大众舆论群体倾向，或者自我内心情绪化的本性冲动。因此，底层无疑是表述人性本真状态的最好寓体。也许是记忆深处的情感因素作怪，也许是真实经验的印证，也许是为现实人性芜杂寻求桃花源式的家园寄托，一些作家在表现自然人性时，趋向写善，张扬的是那散发着浓浓暖意的人性善，如迟子建的《越过云层的晴朗》，如刘庆邦的《梅妞放羊》，如乔叶的《指甲花开》等。善是对恶的反衬对比，善念是对恶行的有效制衡与冲抵。美善是自然人性最灿烂的光辉，是人之为人最美好的品性，是人类作为生物种群的超脱所在。所以，这些作家在写恶的基础上扬善，自觉追求人性深处的美好理想，对人性的信念从未坍塌或者褪色。就如迟子建所言："我觉得整个人类情感还是普遍倾向于温情的。温情是人骨子里的一种情感……我信奉温情的力量同时也就是批判的力量……”①近年来关于人的动物本能的挖掘过于放松过于泛滥了，以至于我们不得不深思：把人理所当然地降到所谓动物的地步，文明与进步还可能有发展空间吗？文学把肯定的取向暗含在字里行间。文学，作为能够影响心灵世界的东西，还有自己的价值与意义吗？

四、宗教信仰的艰难旨归。尼采宣布“上帝死了”，解构了西方人的信仰基础。对“存在”本身的哲学研究越来越深入的时候，虚无主义的深渊骤然摆在面前，信仰危机的降临让很多人的精神错乱无依。近年来我们思想文化领域疯追西方的思想文化成果就是如此，一下子西方数百年的文化精华、各种流派学说纷纷涌入，被淹没的文化精英在没有根基和接受基础的情况下狼吞虎咽，久久，直到今天，仍在反刍难以真正消化为自我体内的能量。所以有人想把残渣吐出来再回头细嚼慢咽适胃的祖宗的中餐。物质只能让人越陷越深，人类真正解脱的途径只有一条：精神。尤其当下，“当生活降为生存，当人降为物，我们对我们触目惊心的现实处境难道还可以一直麻木不仁下去么？”②怎样用文学为迷失的灵魂铺就或者指引一条回归或超脱正路？一些作家皈依，并且数几十年地苦心

① 迟子建，阿城，张英.温情的力量[J].作家，1999(3).

② 申霞艳.罪、真相及救赎——谈北村的神性写作[J].当代作家评论，2007(2).

钻研宗教教义。宗教不同，教义说法不一，但对生命向真向善向澄明的诠释与迷津指点却是相通共质的。当下底层文学的写作中，体现出宗教情怀的作家主要有三位：北村、张承志、雪漠。北村希冀用基督教以爱赎罪的精神使人反省自我的罪行罪念，觉醒忏悔道德灵魂的超脱。他的《愤怒》和《我和上帝有个约》是陀思妥耶夫斯基式的灵魂深处斗争的文本，精神内涵和现实意义丰厚。“北村勇敢地将神的维度引进我们的文学当中，这是我们的稀缺之光，也催化新的叙事精神生长。”①北村的宗教情怀浓厚明显，张承志的宗教情怀却是壮怀激烈，是更多犀利尖锐的带着风声的锋芒。雪漠的宗教情怀持久温纯，蕴含在朴素的西部大漠人们生存世相的深处。他的作品中有对生命本质的彻骨认识，大背景是人类普遍性的荒凉死亡，死亡意象是他佛教参悟终极的最好体现。在雪漠这里，宗教的救赎力量是遭到质疑的，但是宗教的了悟作用却时常以含蓄面目出现。《大漠祭》《猎原》《白虎关》都有体现。文本在现实层面的意义基础上也与佛教常理暗合，如“人生皆苦”“生死无常”“慈悲为怀”“四大皆空”等都有鲜活形象和真切命运作为印证。当然，雪漠的宗教信仰和禅悟还主要体现在他小说外的表白上。这三位作家，从不同方面，以不同方式，为众

---

① 申霞艳.罪、真相及救赎——谈北村的神性写作[J].当代作家评论，2007(2).

生寻找生命本真呕心沥血地努力着并将一直努力下去。

五、生态失衡的焦灼呐喊。生态文学在我国起步较晚，在改革过程中，我们把大自然作为代价交付出去。河流被污染了，清澈的小河、青青的小草、游弋的鱼儿成为许多人记忆中的事情；沙漠化严重，耕地面积流失速度过快，沙尘暴肆虐的劲头越来越猛烈；洪水泛滥，许多物种已经灭绝或者濒临灭绝；乱砍滥伐造成水土流失严重……人类，自然之子，以地球统治者的姿态野蛮又愚蠢地破坏了自然生态的平衡，今天，不得不花费更多的财力、人力、物力去亡羊补牢，为母亲千疮百孔的躯体寻医问药。相对于许多生态学家的田野调查、数据统计，文学家也以自己的方式介入其中。农村，与自然最接近的人类栖息地，在作家笔下有生态主题的体现。追求工业文明带来了物质的极大丰足和享乐主义的疯狂蔓延，追求科技文明带来更多方便的同时更多麻烦和危险也相伴而生，追求经济发展的中国人没有迎来共同的小康，而是极大地刺激了某些人的贪婪，最大限度地挤对掉道德等调和人心必要元素的生长空间，在自然界生态失衡的同时，人们的心灵世界也遭遇前所未有的大幅度失衡，其狼狈惨状不亚于前者。我们悠然的平和再也无法保持，我们与人为善的良性言行凭依再也无法构筑，我们自律性的道德底线再也无法醒目存在，我们调节性的思想熏陶再也不起作用，当生活的内容只剩下生存的需要，当可敬的人性堕落到只有动物性的层次，道德伦理的生态败坏已经可想而知。所以，相对来讲，文学更多关注的是人们的灵魂，作家更焦灼的是呼喊警惕心灵生态的变质。就好像那位聪明的小老鼠，急切地想要强拉那被香美肉块吸引而迈向猫布设的陷阱的笨狗，老鼠尖叫，狗充耳不闻，老鼠扒开狗的眼睛让它清醒认识自己的处境，它却看不见，被肉蒙昏了心智。当下作家的清醒呼号和大众的浑然不觉就是如此写照。有些作家甚至直接以动物品性反观人的恶劣演变，如《藏獒》等小说。就底层文学而言，这样内在的对比性作品有很多，如迟子建的《越过云层的晴朗》，直接以忠诚、重情义的“狗道”讽刺人与人之间的势力、冷漠等非人道。陈应松的《太平狗》也是一面亮铮铮的刺目的人性镜子。一个叫太平的神农架的猎狗，千里迢迢跟着主人出门，尽管一再遭到离弃和摧残，仍坚定地寻找主人，终于在那有浓重味道的黑作坊找到了奄奄一息的主人。太平对生命无关利益、不顾生死的纯粹惦挂，跟这个城市黑作坊贪图暴利对人生命的漠视伤害形成鲜明的对比，这对比直接把自以为是的人的形象降到畜生之下。是的，不得不承认，某些人在这个年代正上演一些连畜生都不如的丑剧，那道德底线的完全丧失，那对他人无所顾忌的侵害行为，令人发指，失语。自然生态的失衡让我们生存的环境遭到极大破坏，可供利用的资源屈指可数，灾难性惩罚出现越来越频繁，人类逐渐丧失可供栖身的美好家园。道德生态的失衡让我们生存的社会环境越来越恶化，人际间的冷漠让人在熙熙攘攘中变得孤立，可供依赖的温暖越来越稀薄、越来越遥远，人类也在逐渐丧失美好的心灵家园。

六、失落情怀后的理想寓言。对现实的认识让很多作家陷入长久的失落，但失落实在解决不了问题。尽管理想已经在追名逐利的过程中被畸形化、被抛诸脑后，但理想，或者理想的表达本身，还是有如此高洁的打动人心的力量，还是能成为作家精神世界的安慰。理想化寓言常常象征作家内心不能释怀的乌托邦情结，常常表现出作家认识社会人情但决不苟同随流的自我超越性精神追求。价值就在这里，乌托邦尽管虚幻，但没有美好图景构想的人生更加失去方向和信心。乌托邦情结浓厚的作家常常是对现实的失望情绪同样深刻浓厚的作家，底层文学是这个社会最全面最真实最普遍的写照，于是一些作家把对理想化的追寻也放在底层世界里编织演绎，底层就因此具有了精神意义的象征性品格。这品格常常使一些底层人物具有超出人物本身的文化符号价值和理想精神寄托。理想化的寓言渗透在很多底层文学里都有闪亮，是主题的衬托，但在一些作家那里，理想化寓言是主题，底层生活的展示只是一个广阔的淡色背景。我们拿来探讨的就是这些旨在追求理想化寓言建构精神乌托邦世界的文本，主要有张炜的《九月寓言》《刺猬歌》，李佩甫的《城的灯》，鬼子的《一根水做的绳子》等。张炜的理想化寓言表现在他对现实世界早就存在的质疑不满中，表现在他充满象征意义的各种动物意象中，表现在他回归田园自然生存的坚定信念中。李佩甫经由数十年失望痛苦的煎熬后，以文笔探讨灵魂回归洁净化、本真化的拯救途径，他塑造了凤凰涅槃后的带有神性品格的刘汉香，无私无欲，宽容淡泊，以度众生为自己内心的追求，她其实是作家理想的化身，代表着作家本人在这个世界的精神向往。鬼子的《一根水做的绳子》是爱情寓言，阿香对爱情忘乎所以的执着就是那本性洁净之水，水能做绳子，洁净能提升普通人的心灵境界，清洗那尘俗的污浊。鬼子这本书用心良苦，故事情节简单，含蕴深远，意在蒙灰含垢的世间心灵开掘精神世界可供沐浴的天然清泉爱情，这最容易脏污也最应该美好的心灵事物，在作者理想化的寓言写作中，发出最洁净最动人的光泽。

由以上种种，以论断："底层文学"在作家的书写中已取得不菲成绩。但必须强调，关于"底层文学"的研究还远远不够，尚需更加客观、更加务实的贴着文本去探求。

犹有花枝俏

——论当前“底层文学”的审美追求

关于文学评论，我想，根本目的就是推动文学本身更好的发展，因此，指责与声讨好像恨铁不成钢的父母大骂孩子笨蛋，并不能使之突出困境茁壮成长；相反，耐心诱导、传道解惑才是帮助孩子进步的良策。评论者抱持解决难题的态度，沉潜文本探踪觅迹，找寻方向与出路，才是促进文学发展的善举。基于这个出发点，再来反观当前热热闹闹、争论不休的“底层文学”，我认为，客观地认识其不足以及成因是必要的，从有限的优秀文本细读中发掘其所潜存的审美追求指向亦是必须。

近几年来，学界关于“底层文学”的质疑与否定从未间断，大家批判的焦点就是艺术性追求的缺失。的确，大量反映“底层”生活的作品千篇一律，重生活描写轻灵魂挖掘，导致雷同与重复现象泛滥。人物常是朝不保夕、辛苦挣扎的底层民众，事件常是一系列的剥削欺凌与命运捉弄，作品中人物形象面孔模糊，生活内容单调，读完除了引起点辛酸感外再没有什么印象留下。但这并非“底层文学”独有的弊端，也并非在近几年才出现的文学现象，“底层文学”代表的是时代背景制约下的文学态势。重复，其实是整个文艺界正在面临的艺术劲敌。电影、电视剧走红题材的连篇累牍，某个红片的再次拉长改版，音乐曲风的缺乏新意……原创缺失成为各种文艺门类发展难以突破的瓶颈。就文学而言，作家自我个性的光彩黯淡，共性流行元素凸显，在市场化因素的诱惑下，在多产的盲目急切中，心态浮躁的懒怠使当代很多作家的原创能力消减，原创意识消隐。一定意义上，商品化的利益追求是文学发展的拦路虎，急功近利是作家写作追求的绊脚石。众所周知，形式的意义不可低估，但形式探索的脚步却早就迟滞，追根溯源要从先锋退潮后的“新写实”开始，黏着现实的惰性写作就拉开了帷幕，加上市场化的催导诱惑，跟风潮的惰性写作成为文坛的显著现象。

那么，在全球化的大背景下，中国文学，尤其是俨然主潮的“底层文学”，如何走出重复化窄门，实现文学事业非数量的提升发展？文学河流表象好像潮起潮落，更迭迅速，但其实内在潜流连贯一体，今天文学的状态是之前若干时段的延续，也必将暗示着未来时段的脉络。有两点仍需再被突出强调（尽管已有陈词滥调的嫌疑)：一、再续先锋未竟之路。中国文学要进步，更是要积极汲取一切有益于文学表达的手段和经验。先锋文学作为一个流派已经消失，其所致力的形式探索却仍有价值可循，现代主义的向内挖掘、荒诞化的寓言表达等在拓展表现空间上还是有继续学习的必要。只不过要吸取先锋文学穷途末路的教训，把形式探索与内蕴追求结合起来，将现代主义的表现元素融入现实主义的创作精神中来。二、再扎民族文化之根。“越是民族的，就越是世界的”，中国文学的进步，脚还是要在本土几千年丰富的文化积淀上踏实，中国古典文学，四大名著，公案小说，等等，仍蕴含着哺育今天文学的宝贵营养。另外，中国地域辽阔，久经分合，多民族共同融合，形成多样化的不同民间文化和民间艺术形式，无疑也是当代文学珍贵的资源。有根的文学才有民族神韵，才能放出动人华彩。“总之，不大胆地向外国文学学习借鉴，不可能实现文学的多样化；不积极地向民间文化学习，不从广阔的民间生活中攫取创作资源，也不可能实现文学的个性化、民族化、多样化。”①

事实上，在“底层文学”领域，一些作家早就意识到这点，并且已经探索出一些可供继续前进的经验。“底层文学”是以

---

① 莫言.影响的焦虑[J].当代作家评论，2009(1)：10.

对象来论的概念，模糊而广泛，作家作品泛滥且良莠不齐，但广读细寻，能惊喜地发现一些优秀作家，他们有鲜明的文体意识，一直在自觉践行着自我风格的探索之路，并已经形成独特的审美风格。具体而言，“底层文学”所彰显的当代文学的审美经验拓展表现在三个方面：一是朴素现实主义的形成，代表作家是雪漠、东北女作家孙惠芬；二是现代主义方式和现实主义基本精神的相融，代表作家是鬼子、陈应松、阎连科；三是本土化民族风格的美学转型，代表作家是莫言、贾平凹。

一、朴素现实主义的追求

朴素，意为质朴，无文采，是“天然去雕饰，清水出芙蓉”的自然之美，能给读者带来扑面生活气息的原生真实。当代文学反映底层的朴素现实主义，可追溯至赵树理，他忠实地按照生活的本来样貌写作底层，写出他们生活的多样，写出他们性格的鲜活和命运的波折，写出他们内心世界山山水水的起伏与流动，这就是朴素现实主义的表现。当前的朴素现实主义是一种倾向于自然主义、注重客观性的表达方式，但又不同于20世纪90年代初“新写实”的“零度情感”，并未抛弃创作主体的主观情感介入，是尊重生活本身、追求作品真实性的表达方式。说起来简单，但真正的美和价值就在这里。高尔基说得好："真正的美，正如真正的智慧一样，是非常朴素的，并且是人人理解的"。[①] 最真实的往往最具亲和力和感染力，最真实的也往往能流传于后代，做当代生活形态的活化石。

近来"底层文学"的代表作家要首推辽宁女作家孙惠芬，她毫不掩饰对朴素现实主义的喜爱与追求，"我喜欢朴素的小说，喜欢字里行间弥漫着湿漉漉心情的小说，喜欢混沌不清憨态可掬的小说。首先，只有朴素能够直抵人心，就像生活中的平易近人……我认为最好的小说，是写出了素常日子中素常人生的素常心情，是写出素常心情中蕴含着的素常人性"。[②] 她如此表达，在描写歇马山庄的众多男男女女时也如此实践着。孙惠芬写作的底层世界，有生动鲜活的生活气息从字里行间蒸腾而出。她不仅写了底层人打工的辛苦，外面世界的歧视与侮辱，以及村主任或支书等基层掌权者对群众的欺压，更写出了底层人内心世界在遭遇酸甜苦辣时的情感波动和这波动反映出的底层思想真相与灵魂真相。孙惠芬写出了原汁原味、饶有情趣的底层世界，这世界有男男女女之间的爱情纠葛，有女性之间的友情、婆媳纷争，有男人之间的心劲较量，有家族成员之间的恩恩怨怨，有东北农村婚礼、丧事的全过程展

① 高尔基.谈谈应该怎样为我们的杂志写文章[M]//林焕平.高尔基论文学.南宁：广西人民出版社，1980.

② 孙惠芬.让小说在心情里疯长[J].山花，2005(6).

示，有农村生活场内部渗透的农民生活观念和思维的种种门道。秉持尊重生命本身、尊重生活本身的写法，她获得了一个作家独有的辽阔与丰富，也写出了底层世界的错综复杂与深刻。如她在代表作长篇小说《上塘书》中，就从外到内地写出了上塘各色人等在当前生存的外在状态和内在心态，写出了一个当下情境场的活泼氛围、流转气韵甚至精神版图。

孙惠芬的朴素现实主义主要体现在以下几个方面。

创作态度。当前社会为作家提供了史无前例的纷繁复杂的生活原态，但这种复杂却在一些作家那里遭到人为简化与概念化，一些底层作家与底层隔离，端着人道主义的道德架子，以俯视的姿态，无法表达引起共鸣、令人信服的真实。因此他们的作品的弊端就明显暴露：缺乏生活气息，没有个体鲜活的性格，没有可感可触的真实心理，只有一个贴上底层标签的机械人在不断地承受来自社会、来自命运、来自他人的种种不幸和欺凌，这背后担负的是一个高大的作家自我形象的塑造使命。当这种现象比较普遍的时候，孙惠芬的意义就由此产生。她不故作任何姿态，以平等的眼光悉心体察底层人生活中的一切，因此她真正把握了复杂社会变革期的整体性面貌。她写底层女人，就好像写身边的姐妹；她写底层男人，就好像在将父兄们的故事娓娓道来。孙惠芬以一颗真诚之心探索着底层人心灵世界的丰富真实，她惟妙惟肖地写出了底层民众的思想真实和情绪真实，她表述出了当代农村与外界社会融合过程中的整体真实动态——外在生活层面与内在精神层面的动荡嬗变。

人物形象。孙惠芬的人物形象都具有从外在言行到内在思想的真实，甚至刹那间情绪波动的真实，借此人物有血有肉的个性就形成了。她笔下的人物，从不单一僵硬，始终呈现出一种“去底层”的人性常态，因为“对社会的每一个人而言，生活的幸福与快乐都是相等的，社会地位也没有高低贵贱之分”。① 孙惠芬着重描写农民在日常生活状态下的种种表现与想法，因此塑造出社会转型期农民那独特的活泛形象。“改革开放二十年，乡村的外表却永远是寂寞的，宁静的，因为土地的广袤，乡野的辽阔，寂寞和宁静是乡村的永恒。然而乡村人的内心却是热闹的，活泛的，他们在一次又一次的惊悸不安中常常自己跟自己对话，跟流动的时光轮转的日子对话。”② 孙惠芬的写作，真正达到了画形、画心、画骨的地步。其实，众多“底层”形形色色的真实心理才最能代表当下社会最普遍的人性图谱和精神写照，才能作为整个民族在社会转型期精神变迁的真实写照。

---

① 孙惠芬.打工文学：在爱与痛的边缘徘徊[J].羊城晚报，2005－07－30.

② 孙惠芬.在迷失中诞生[J].当代作家评论，2000(3)：85.

根本真实。农村早不是封闭状态，而是逐渐消融原本封闭状态时的生活方式，与外部社会趋为一体，目前农村社会的种种现象与外部社会是一致的。不仅如此，农村人也不再仅仅负载“底层”的阶层特点，他们的精神深处，他们的人性内核，他们的处世方式，也都带上新时代的特征，与城市人、与社会所谓“上层”人员同构同质。孙惠芬好像并不排斥抱着一种平和自然的心态看待社会变迁，精心捕捉与表现着这过程中的种种，因此她不仅走进了农民的心灵世界描写出真实的农民形象，也捕捉到了农民的思想观念在社会发展进程中产生的种种裂变，还在人物真实的基础上，在“变”的潮流中，触摸到了不变或者未变的“乡村之核”的真实，或“乡村伦理”的真实，这真实体现在乡人间被遵循的生存规则和理念上，体现在乡人所表现出的人性常态上，体现在乡村祖祖辈辈所积淀的思维方式与精神特征上。朴素，是通达人心、走向本质真实的可靠道路。

文辞朴实。朴素在文本中最鲜明的体现还是语言。孙惠芬的语言没有艰涩的、故作高深的论调，没有欧化的丁点儿痕迹，一字一句都是从她的心灵世界真诚地汩汩流淌而出，都是她从生活多年的乡间的农民互相表达的原声中捕捉而来，是那样的质朴动人，别有生动形象、亲切温暖的审美表意效果。她善于用日常生活事物作为比喻，贴切，依靠诉诸读者的日常经验所能唤起的熟稔感，达到一种饱蘸生命气息的朴素明净的诗意之美。朴素的语言既能使人物形象更加鲜活丰满，也能使作者的表述有穿透力，更为简洁明朗。因为有这种带着生活气息的语言，孙惠芬的小说有种其他底层文学所没有的生命质感，有着其他底层文学所没有的朴素诗意情怀。

二、现代主义方法的渗融

从文学发展看，市场化后的文学日益走上贴现实的仿真叙述、絮叨日常的路子上，看得人无聊乏味，这样的文学将发展到哪里？“小说的现实性在强化，然而又以文学性的淡化为代价，这种悖论情形已不能不引起人们的警觉重视了。”①先锋文学的影响远远没有结束。先锋文学所致力实现的与现代主义新颖表述方式、结构方式的沟通，去除过于形式化的弊端后还在继续进行，只不过是作为融入现实主义之根的方式。“底层文学”的个别代表性作家追求作品审美格调的境界，追求想象力与表达的自由，追求更深层次把握和揭示社会生存的本质真相，积极吸取现代主义象征性、荒诞化、变形、意识流、魔幻等表现方式，使现代主义的写作方式渗入现实主义的

① 白烨.97 小说风尚：写实[J].南方文坛，1998(1).

细节表达，造成别有韵味、意义深远的审美张力。比如陈应松的作品，他的语言张力十足，有种酣畅淋漓的感觉，他的行文过程紧张激烈，冲突好像时时刻刻地潜隐着等待爆发，他的情节细处常常开拓出品味良深的深刻寓言，在诗意中总有象征主义的神韵流转在字里行间；比如阎连科，以超现实的魔幻写法书写着社会现实哀伤真切的悲剧，很好地实现了写实与非写实混为一体，魔幻写法的使用使文本具有了平贴现实表达所不能抵达的自由与超越。比如鬼子，在情节营构上紧张险峻，在极端化处理中洞穿着底层命运的苍凉真相。鬼子作品写实性强，写意性浓，文笔直抵生活本质，但在细节真实的跌宕间，自有非现实的超脱与荒诞。

鬼子自觉践行现实主义精神与现代主义手法的结合。他的小说气质上"瘦硬绝倔"，泛着生铁的光芒，寒气逼人，像迎面风中的一阵走石，总能在皮肉上擦出伤痕，留下神经上的疼痛。他的绝不拖泥带水的简练表达，他的浓淡相宜的人物命运铺染，他的险象环生的情节架构能力，表明他一直在以自己的文本与平庸贴现实的写作潮流对抗，以及他对文学真路的锐意探索。我们这个年代，最需要继承鲁迅先生的现实意识和文体意识。鲁迅先生生活的那个年代有黑暗需要尖锐的笔刀去戳破，这个年代有重重的浊污需要笔刀去清除。鬼子的写作始终保持一种出离愤怒的警醒情绪和一种永不绝望、顽强在大苦难中书写大诗意的理想追求的混溶。如何突破模仿现实的写作潮流而沉潜探索自我风格？鬼子清醒地选择保持现实主义的本质和精神，吸取现代主义非常态现实的表达方式。就他的写作特点而言，这种结合可概括为极端叙述。极端叙述的策略是鬼子对社会、文学现状的彻悟，在人心麻木的年代，是追求文学社会性影响的理性选择，使文本形成一种尖锐的造成痛感的穿透力量，是脱俗于时代文学、长留在读者心间的有效策略。鬼子的极端叙述以非现实逻辑的艺术想象加工编排现实性细节，故事情节层面不落俗套，惊悚撼人，情理上不显突兀，有现实本质支撑，叙述冷酷又闪耀着理想的诗意光芒。

鬼子对笔下人物下手又重又狠，叙事不用铺垫，不用过渡，简硬直接，一开篇人物就已经陷在深重不幸中，苦苦挣扎。情节链条紧张陡险，连续的故事链条似一根虽细却结实的铁锁链，硬生生有力地串起偶然陡起的件件事情，套在人物脖子上，牵着他们朝向那更为悲惨无助的结局走去。日常生活常见的偶然性在鬼子笔下常常成为故事链条中强大的必然性推动力量，小说表现中，事情发源于偶然性的日常小节，但这小节却能孕育出巨大的恶性肿瘤般的悲剧性结果，这细节带来的常常是一生命运的错轨。偶然性事件是故事行进过程中要紧的链接元素，靠惯常的生活细节本质的真实作为支撑，他毫不留情地釜底抽薪，将人物命运推到极端惨烈的境地，把读者的良知承受能力也牵引到极限，好像再往前一点，“咔嚓”的崩溃声就能立马入耳。鬼子在小说叙事中超越现实情节的琐碎零散性，高度集中地展现人物在社会上遭遇到的一连串不幸打击，乍读有脱离现实常态的荒诞之感，细细琢磨，又无处不弥漫着现实的尘埃。他的叙述是酷寒与至暖的混溶，小说的情感张力很大，一面是叙述语言的极冷，一面是内心呼喊的极热。就像残雪所说：“或许冷漠的眼睛更好。冷眼看生死。但同样的，眼睛的冷漠程度会与内心热情的程度成正比。”①阅读鬼子的作品，好像一个个汉字是从冰窖中刚捞出来的，寒气逼人。外冷内热的情肠使文本的情感空间阔大而复杂，超现实逻辑的情节处理使文本构建出开阔的审美空间，既尖锐地直抵现实内核，又诗意地寄寓理想之美。

三、本土化民族风格的美学转型

本民族文学如何在全球化时代生存和发展？中国作家在这个严肃命题前，清醒地认识到“必须正视、维护、尊重自己的土地和家园，只有那种从自己脚下的土地里滋生和升华出来

---

① 残雪.残雪文学观.桂林：广西师范大学出版社，2007.

的文学才是最富有生命的”。[①] 获得文学茁壮成长的民族根性，形成文学立于世界之林的独特品格，本土化是必然的探索之路。但本土化并不是指要回归中国古典文学的写作方式，而是在吸收外民族文学成就的基础上，在现时代文学环境下，吸取本民族古典文学、当代生活中一切有益于现代文学发展的成分。

可以说，描写中国人的生活状态，表现中国人的生存哲学，凸显汉字蕴藉的美感，是当前文学致力实现的良好夙愿，只是处于尚未确切定型的探索阶段。底层文学的很多作品，从不同方面或多或少地体现出这场本土化美学转型的特点。以莫言、贾平凹为例，具体讲，当前“底层文学”的本土化美学探索，主要体现在三个方面。

一、“本土化”叙述方式。百年文学史中，大力倡导民族形式探索的是毛泽东在《在延安文艺座谈会上的讲话》中要求的，要创造出为老百姓喜闻乐见的艺术形式。最典型地体现出对中国古典文学艺术方式借鉴使用的是赵树理。赵树理熟谙古典小说的精髓：生动的故事性，鲜活的细节描写。赵树理还探索出文学吸取民间艺术、传统小说的叙述方式，探索出当

---

① 赵学勇.中国文学的本土化意义及前瞻[J].社会科学战线，2001(4).

下生活与传统表现方式相结合的成功范例。20 世纪 90 年代后期，一些作家开始有意识回归本土资源，探索传统文学或者民间艺术方式与文学表达方式的新融合，莫言、贾平凹就是典型代表。有些人认为马尔克斯对莫言的影响巨大，但实质上，这种影响的接受有一个关键环节：与记忆中本土生活、本土文化的同质。莫言生命感受深处的个人体验和民族记忆有神秘魔幻的呼应，因此，这何尝不是他本土经验的复活？莫言有意识地从吸取现代主义的创作方式转向主动积极地吸取传统文学、民间文化的表现方式，自觉地探索本土化的表达方式。《檀香刑》是他创作方式的明显分水岭，采用的是山东高密民间唱腔——猫腔的表现方式，无论是叙述语言，还是人物告白，都好像戏剧朴素直白的唱词，加上方言的大量使用，浓郁的本土气息氤氲而出。《四十一炮》继续探索本土化的表达方式，莫言借用古代说书人话本的方式，一炮代表一段故事，以第一人称的回忆讲述，把罗小通这个农民自身经历、父辈感情纠葛、村庄几十年的命运变迁真实展现。莫言用民族的想象方式和讲述方式，探索着本土化的实现路径。最能代表莫言狂放奔腾想象力、恣肆华彩语言流动的本色和民族性探索的是他的新作《生死疲劳》。《生死疲劳》把传统佛家文化的"轮回"观念创新性地作为叙述结构形式，讲述从 1950 年到 2000 年半个世纪的乡村生活剧变，赋予文学以新思维和新形态。

小说通过地主西门闹六次转世的情节，贯穿起西门屯西门闹一家和蓝解放一家复杂多变的生活状况。西门闹在人间经历了六道轮回：一世为驴、一世为牛、一世为猪、一世为狗、一世为猴、一世为人。在这里，莫言实现了形式与内容的合一。阴间阳间的自由打通，人世狗道的灵活转换，使小说在意蕴上和《西游记》《聊斋志异》等古典文学相同，具有传奇性与戏剧性的阅读效果。另外，这部作品使用了章回体，可见本土化在这部小说中，通过大踏步向后退步的方式，实现了大踏步的前进。

二、本土化的文化蕴含。中国小说读来应该有中国人生命气息的浸染，应该表现出中国人的生存观念、文化特征。本土化的特征不仅体现在形式上，还主要体现在思想韵味上。中国的发展迥异于西方社会，中国人的性情也迥异于异邦，中国古典小说有自身独特的美学意蕴需深思发扬。中国古典小说美学特征显著共性是大悲剧性。近几年的“底层文学”，在指涉当下表现底层生存性悲剧的同时，有些作家有意识地把笔锋指向历史或者文化，表现个人命运在历史性变迁过程中的变化，继承古典文学的悲剧性美感特征。比如备受好评的《秦腔》，在历数清风街鸡毛蒜皮琐事的大量陈述中，贾平凹缅怀着陕西商州这块土地正在改变的宁静从容的生活方式，叹息着秦腔那高亢激昂的文化生命被挤对代替的失落。虽写的是当下，却有深沉的历史沧桑感、命运叵测感的悲剧气氛氤氲而生，好似在怀念记忆中乡土社会的有根有序，实际上是在痛惜为发展牺牲乡土文化积淀、道德伦理、土地等代价的盲目过大。任何从农村出来的作家，熟知底层生活的艰辛劳苦，都不抗拒富裕并渴望富裕。贫穷对农民身体的压迫、精神的吞噬，他们是最清楚不过的，但作为理性知识分子，富裕所携带的泥沙淹没乡村人心、千年文化等的结果还是要清醒面对，发出一己之言的悲叹的。中国疆域辽阔，民族众多，每一方水土都有独特的文化特征，每一方人都有不同的性情、生活方式、思维方式和文化传承。本土化的文化蕴含在不同作家笔下的表现不同，散发着具体地域色彩的光芒，在地域风情展现中体现着本土化的丰富地域文化蕴含。

三、本土化的语言美感。汉语言独特的审美享受，相信略读诗词的人都有领略，亦有沉醉。

辜鸿铭曾不无自豪地称："汉语是一种心灵的语言，一种诗化的语言，它具有诗意和韵味，这便是为什么即使是古代中国人的一封散文体短信，读起来也像一首诗的缘故。"①一方面，本土化语言美感的体现就是使汉语写作重现意境美、音韵美的可能。一批"底层文学"作家凭着对语言的敏锐，对底层

① 辜鸿铭.中国人的精神.桂林：广西师范大学出版社，2001.

的挚爱，写出了具有脉脉情怀的、诗意动人的语句。另一方面，本土化语言体现在各地方言入文的鲜活朴素表达上。不知为什么，我一直觉得，有些作品一定要用方言去读才能品出味道，贾平凹的《秦腔》用陕西方言读更生动厚朴，李佩甫的《城的灯》用河南话读更有别样神会的收获，雪漠的《白虎关》用甘肃武威话读更为地道。贾平凹在《秦腔》中这样写道："第二天的上午，我去了一趟戏楼。戏台上有人爬高上低地还在装灯摆布景，台子下已经很多婆娘拿着条凳占地方了，吵吵嚷嚷，听不清谁和谁都在说啥，有小儿就尿下了，尿水像蛇一样突然从条凳窜出来。"①各地方言的意义早就不仅仅是对话工具，还是渗透民族思维和文化精神的宝藏。

这次本土化美学转型是对新文化运动割裂几千年文化传统的清醒反思，是为当代文学寻根的再次开始。本土化美学转型是当代作家寻求民族自信心的表现，是汉语写作主体性的自觉努力践行。文学本土化，事实上才仅仅是个开端，后来的发展尚需不断深入地挖掘民族资源，不断努力地进行新的摸索实践。

由以上，我想，文学还是在进步，"底层文学"优秀作品所开拓的多维度审美探寻，只是起步，前路漫漫，任重道远。

① 贾平凹.秦腔.北京：作家出版社，2007.

论三位老人形象的现实寓意

——从呼天成、夏天义、孟八爷的形象谈起

百年文学，作家与他们所处身的时代总是发生着直接的关联。尤其是近些年来，快速变化的生活挑战并逼压着作家的投入程度与认识能力。如今，如何认识我们的时代让作家陷入困苦，如何表达我们的生活也让他们痛感无力。眼前世相的繁杂超出了作家想象的宽度，再想保持想象的高度提炼概括、追求整体性的映象已经是不可能的事情了。作家更加热衷于对复杂难陈的社会现象的持久关注，并不由自主地深度介入，进行主动性辨析和思考，以文学的方式表达他们对现状的忧患和思考，惊恐和迷茫，还有瞩目未来的希望和建言（甚至是迫不及待、无可奈何地选择非文学样式的直陈，比如余华的《十个词汇里的中国》，比如梁晓声这几年透视国情民性的系列作品《中国社会各阶层分析》《中国人，你缺了什么》《忐忑的中国人》《郁闷的中国人》等）。追求作品的社会意义

是自觉担责的作家的落笔核心。于是乎，他们笔下的主要人物，就被赋予了独立而深刻的形象学意义，就以具体的所言所行承载了作家社会性思想价值的深层取向。

在这个背景下，再读与农村现代化进程相伴相映的三部长篇小说——《羊的门》《秦腔》《猎原》，就会发现一个有趣的关联：三部小说从中到西，从中原河南写到厚土陕西，再写到边远甘肃，尽管地域不同、文化不同、乡风不同，但都以实景实感深度切入乡村现代化进程中那些关涉长远利弊又难以解决的实际问题，比如基层政治问题，比如土地危机问题，比如生态资源问题，比如乡村文化的流失问题，比如农民民间精神的代际传承问题，都让人感到来自现实的残酷的重重困难。李佩甫、贾平凹、雪漠对这些问题进行了揭示和反省，《羊的门》通过呼天成、呼国庆双线并进的叙述，将现代化背景下的政治运行矛盾真实展现；《秦腔》通过夏天义、夏天智兄弟两个的生活和命运哀挽乡村的土地危机和文化衰败；《猎原》在描写孟八爷护狼与鹞子捕狼间较量的同时，处处意味深长地感叹着大漠人民眼前的艰难生存和广阔背景的生态危机之间的巨大悖论。怎么办？真诚而清醒的作家会不由自主地陷入想答试答的努力，尽管并不一定对症病除。这三位作家在迷茫中塑造反思后的精神参照谱系，以三位老人的形象启示着国人曾经的民族气脉、精神持守对当下种种困境的不凡意义。三位老人的逝去或终将逝去，不仅仅是三个肉体生命的从此消逝，更是一股民族气脉的断绝消散，因为三位老人所体现出的精神生于传统和过往，却应该成为构建现代民族精神的重要内核。我想，时至今日，在乡土精神依然是我们民族精神的主要构成这个事实面前，民间土壤血脉相传、自然生成的秉性与思想，例如呼天成的“王者之气”、秦天义的土地之恋和孟八爷的舍身之豪，都蕴含着良性因子，指向未来，暗弥着单面向现代化建设所撕裂开来的精神裂隙，启示着民族精神构建的合理性民间内核。

呼天成：教父形象的弊与益

与全国其他地方的作家相比，河南作家对乡村权力着墨明显浓重，在河南作家当中，又以李佩甫笔下的村主任或村支书最多。他们无一例外是中原大地上一个小小村落里的“主”，在村人眼中满是“官”的威严，上司倚重他们、纵容他们，群众畏惧他们、讨好他们，屡有不服者冒犯与挑战，都被他们化解或者打压。他们重自我实利，权力的绝对化与自家利益最大化是他们的生活目标。但呼天成是个例外。尽管他也是一个在呼家堡享有威望并主宰别人生活、命运甚至思想的掌控者，但他是这类人物的集大成者，是遍长低伏蔓草的“绵羊地”上所生长起来的大树。他像个教父，深浸王道思想，深得当世风云变幻的阳光雨露，呼风唤雨，无所不能。他要权力最大化，这建立在他对民性无知怯弱的认知基础上，建立在他对“内圣外王”自我价值的追求上。非常可贵的是，他从不搞特殊化，克己方能律人，才能领导建立一个非乌托邦的富裕集体。呼天成这个人物形象让我很矛盾，一方面每每读来让我憋闷狂躁，他把村民当泥丸，所谓的民主、个人在呼家堡没有任何立足之地，他严格地打造了一个让人窒息的“铁屋子”，为村民的灵魂上了锁；可另一方面，我又时有敬意滋生，他确实实现了一个村庄的物质富裕，实现了农民最渴望的相对的分配公平。呼天成是只有中原作家才能写出的象征性人物，对此形象的简单认识常常会导致错误肤浅的判断，以及对这形象所负载的意义与启示的无视与忽略。实际上，呼天成这个人物形象具有有趣的复杂性：一方面，他的负面形象及其形成过程，是现代化政治模式反思来路的指向；另一方面，他的正面形象及其实质，又是继续改革必须深思和汲取的精神资源。

呼天成有大弊。在他统治呼家堡的几十年，呼家堡只存在他一个人的声音和意志，其他生命个体的意志与愿望都被他蛮横抹杀或冷漠不睬。他把呼家堡当一个人的王国，而他则是这里的主，他主宰人们的生活，甚至意志和精神。他制定的“十法则”就是典型例证：一是“村歌”，晨曲是《东方红》，晚曲是《大海航行靠舵手》，规定人们的起床时间和睡眠时间；二是“村操”，由下地干活的动作模仿而成；三是村规，严格约束村民的日常生活细节，比如“不许放屁”（不准乱讲话），“广播匣子”不许关，要注意“听精神”，甚至“不准养狗”；四是“评议法”，把人放在群体的评议定位中，每个人都是监视者，也都是被监视者；五是“干部法”，实行轮流制，培养青年干部，用政治满足调动人们的积极性；六是“学习法”，就是要每天背诵“老三篇”；七是“奖惩法”，经常开批斗会或者“洗心会”，通过这些会议“过思想箩”，肃清了人们的思想，规整了人们的灵魂；八是“民兵巡逻制度”，把“谈恋爱”的村民当小流氓抓；九是“婚姻法”，村民娶亲嫁女前，先要经过班子的教育；十是“请假制度”，人们为了表现积极性，甚至违反正常的生理规则，万家媳妇刚生孩子三天就下地，王麦花生女儿，剪断脐带，站起来就干活去了。本文不嫌冗赘地列举这些，是想证明这大弊的可怕和它形成的历史渊源，以及这渊源在当代社会中的现实幽影。真是可怕，人的自由和独立性被规则合法化地取缔，人们的日常行动被规定，意念情感也被规定，作为个体生命的“人”的自我发现与成长，在这里是根本不可能的事情。这在中国历史的延续中顺理成章，传统社会几千年的专制历来如此，尽管有鲁迅先生“从来如此，便对么”的质疑，可在农民的惯性思维中，“从来如此，就是对的”，“个人”在他们“个人”的心里，基本没有存在过。呼天成的存在有其历史制约的必然，他的治理思想几乎是农业社会政治文化的世袭选择，但他的实际做法又是“文革”遗脉的直接体现。再继续追究恐怕就要涉及一个更广阔且辽远的问题了：为什么这些思想和做法还能在当下存在且生命力旺盛？另外，他经营商业的成功不过是因为深谙中国人场关系学的经营。“人情关系”是熟人社会最常见的现象，却是现代中国实现机会公平的强大桎梏。呼天成在这片土地上只能长成这样，人是环境的产物。因此，《羊的门》以实写虚，“是对当代生活的一种整体的全面的抽象的虚构”①。现代背景下的荒诞感鲜明涌出，呼天成的大弊有利于表现现实的反讽张力和反省实指。

但，呼天成有大益，有其正面价值。他把村当家，用心经营，首先解决了一个村庄的物质贫困，带领整个村庄在享受物质富裕的同时，也让村民享受了从未有过的尊严和自足(尽管只是外在面子上的)。“呼天成是呼家堡的魂，是呼家堡的主。他为呼家堡辛辛苦苦干了四十年，奉献了自己的青春、血汗与生命，让呼家堡获得了经济的繁华，让呼家堡人享受了物质利益。但是，呼家堡人是以支付精神自由和话语权力作为惨重

① 张宇：《打开〈羊的门〉》，《当代作家评论》，2000(3).

代价的。”[①]在这个过程中，呼天成身上体现出两点重要的精神价值。一是他的公。呼天成处事总是站在呼家堡的集体利益上，要求于人，要求于己，他在日常生活中不搞特权（思想上除外），就连自己信“主”的寡母去世，他也坚持让母亲按照统一的殡葬规则执行，“最终，六奶奶也没按‘主’的旨意走，在岗上的‘地下新村’里，她的碑号仍是：312”。[②] 他掌管财权却没有用来满足自己的奢靡欲望或者聚敛财富。在双线互衬中，饶有趣味的是，那些县里市里的领导，呼国庆、王华欣、李相义，他们把私怨私惠渗透在公权力的竞争中，谁能比呼天成站得堂正行得公义？在当前金钱刺激和侵袭下的群体性欲望膨胀中，还有什么比一颗“公心”更值得珍惜？二是他对“私”的认识与控制。呼天成年轻时就从一窝贼里认识到“私”的普遍存在和造成的干扰，由此发誓“我要当好他们的主”[③]。他常常斗私，让人们晒晒灵魂，把全村人的心拢到了村庄这个集体的发展事业中。看眼下发展中的无良现象，哪个跟灵魂里的“私”没有瓜葛？在国民素质提高的基础上有效限制“私心”的泛滥，深刻认识“私”的危害性，“去私”或者“弱私”，用制度规

---

① 文贵良：《话语与权力的互动生长——呼天成形象分析》，《书屋》，2002(11)：35.

② 李佩甫：《羊的门》，作家出版社，2009年版。

③ 李佩甫：《羊的门》，作家出版社，2009年版。

则加以有力限制与惩治，呼天成形象的正面意义即在于此。呼天成这个形象，李佩甫是用写意的方法，寄托着他的深情与深忧，呼天成不止一次地反复重申："这是一块净地，也是一份事业，是我花了四十多年心血种下的。现在到处都在腐烂。外边的腐烂我们管不了。我只要你保住这一块净地……我要你一生一世都植在这里，用你的身家性命保护好这块净地。"①可是，呼天成的治理方式使村民丧失了自主能力。呼家堡成了呼天成的私有物。

让人遗憾的是，李佩甫写人物，一旦赋予象征意味就将其凌空高举，就让他们自觉地杜绝了一切人间俗乐，甚至俗苦。比如呼天成，比如刘汉香，人物被用来负载李佩甫自己的主观思想认识，那些人物自身在日常油盐酱醋中可能产生的喜怒哀乐等都被强行摒弃了。以实写虚、以轻写重，如何写，对李佩甫来说一直是没有解决的难题。

夏天义：守地守德者的双重危机

从中原到秦地，现代化进程中的村庄又有着怎样的深度景观和发展悖谬？我想，把《废都》和《秦腔》进行互证式辨析，

---

① 李佩甫：《羊的门》，作家出版社，2009年版。

会发现这是民族灵魂迷失的由城到乡。而迷失的原因仍是两种：一是外因的诱扰，利益激起了欲望，欲望导向了迷失；二是本土文化凋失，长期渗透在民性生活和思维中的精神源被迫断流，民性受哺的来向汹涌混沌而可疑。在这种集体迷失与顺流而下中，作家以其敏锐的观察与深度的思考，在民众的前进中做着孤独的反向追溯，在狂欢化的迷醉中又向遥远的来路张望。因此，作家总是不能和所处的时代贴面合欢，总在摩擦或批判中书写着真言，其味虽苦，“却绝没企图和恶意”。①由此来看《秦腔》，其重大的社会性意义不容置疑。许多论者对《秦腔》的理解都限定在对旧有生活方式深情不舍的唱挽上，确实，句句舒缓却字字忐忑，贾平凹在对农村鸡零狗碎的现状描写中充满着内在不安的“惊恐”。这“惊恐”从何而来？对正在清晰逝去的土地生活和土地文明的疼痛，令人“在《秦腔》所出示的巨大的‘实’中，却触摸到了贾平凹心里那同样巨大的失落和空洞”。② 但我认为，《秦腔》更是面对未来的，只是作家和大众一样惶惑，清晰照见去的在去，却难以清晰看见来的在来。因此这“惊恐是对未来的忧患，确切讲是对农民与大地关系的忧患。夏天义形象的负载即在于此。

---

① 贾平凹：《秦腔》，人民文学出版社，2008 年版。

② 谢有顺：《尊生命，叹灵魂——贾平凹、〈秦腔〉及其写作伦理》，《当代作家评论》，2005 年第 5 期。

夏天义的形象一直与土地紧密联系，这形象的主要意义就是他在忧虑农民与土地关系的危机，这危机体现在两个方面：一是可耕地危机。现代城市发展的标志就是四处蔓延的扩张，代价就是对土地的占有以及这占有导致的农民与土地的相离。大小城市里，不知何时，一大片一大片高楼像雨后春笋般在大地上四处挺立，一不留神，身边就有一大片一大片的田地被圈定开发，大大小小未开建的工地上荒草丛生；远近农村里，外出打工谋生的青壮年都离开了土地，没有人再悉心侍弄庄稼了，庄稼侍弄得再好也养不活一家老少几张嘴，于是，大块良田荒芜，草长得比庄稼旺盛也任由它去了。清风街就是这样。土地真的不再重要了吗？良田真可以荒芜下去吗？我想，答案是否定的。夏天义不会讲国家民族发展的大道理，但他知道“天底下最不亏人的就是土地”，他内心感受到了当前汹汹逼来的民族发展大患——可耕地危机。所以他才坚决制止村里拿七里沟换鱼塘的做法，风里来雨里去，任由别人不理解，以老迈之躯辛苦劳作，希望尽早淤出几百亩良田，为子孙积福。因为十几亿人口的生存与可耕地面积的多寡始终息息相关。二是土地情感、土地信仰的危机。几千年来，乡村生存是按照人在自身与天地的关系定位（天地为大，人为小）中来延续的，人依赖天地，敬仰天地，感恩天地，形成了深厚的土地情感和土地信仰的民族文化。但这朴素的土地情感和土地信仰的民族文化根基却被东南西北不定向的风吹得连根拔起，后代农民的心理构成中，金钱情感、金钱信仰已经夯下了牢固根基。夏天义的儿子们已经背弃父亲的精神，他们不爱土地，不惜土地，更年轻的一代比如翠翠都义无反顾地离开了土地，过着不农不工、不乡不城的生活，没有土地的哺育，那“一生就没根没底地像池塘里的浮萍”①了。那些留在村里的，比如夏雨把心思用在开饭店挣钱上，下地辛苦劳动的事是不再干了。人与土地的疏离实质上象征着人对自我与天地关系的颠倒与昏昧，膨大的欲望消泯着人对天地和自然的本源之情，人不再敬仰天地，不再懂得感恩，这让夏天义焦灼崩溃，这个老人后来竟然如入魔怔，吃起了泥土，“夏天义在吃了一疙瘩干土后竟然觉得干土疙瘩吃起来是那样香，像炒的黄豆，他就从那时喜欢起吃土了”。② 吃土的夏天义像个孩子，深恋着大地母亲的乳香，可也跟淤地一样，激起了无知的误解与愚蠢的诠释，依然不能召唤后辈们迷途知返，更不能重构人要尊天地、从天地的正确理念。

夏天义形象的第二重危机是他身上负载的正面道德遭遇了“皮之不存，毛将焉附”的悲剧。夏天义一生秉行公事为重、公义为大的朴素道德准则，这老干部的作风里虽然和呼天成

① 贾平凹：《秦腔》，人民文学出版社，2008 年版。
② 贾平凹：《秦腔》，人民文学出版社，2008 年版。

一样，有“文革”遗风成分，但其现实意义不减。夏天义曾经是村支书，在村里威望很高，这只是背景，重要的是他不再是支书了，仍是公事大于私事、公理重于私利的行事原则。儿子庆玉盖房，把墙根往外多移了一点，他用脚一丈量就发现不对，立即要求把墙根往里挪，“夏天义拿脚就踹一截墙根子，一截墙根子便踹倒了。他说：‘你多占集体一厘地，别人就能多占一分地！’就蹲在那里吃黑卷烟，看着庆满他们把扎起的墙根推倒，重新在退回一步的地方起土挖坑……夏天义背着手就要走了，却又问：‘你在家盖房哩，学校里的课谁上着？’庆玉说：‘就那十几个学生，我布置了作业让自学着。’夏天义说：‘你说啥？学生上课的事你敢耽搁?!’……”①夏天义走后，儿子们非常不满，口出怨言。这里，新旧两代的行事准则悄悄发生了颠覆性改变。夏天义认为绝不能多占公家一分一厘，可儿子们觉得公家的地，大家都在占，不占白不占；夏天义认为孩子上课事大，不能因为自家盖房子把孩子的教育耽搁了，庆玉心里却是自家盖房事大，学生上课的事，糊弄过去就是了。天旱地干，庄稼快枯死了，夏天义跟君亭一起到水利站要求放水，不管还是不是支书都要对这个村子的事情尽到责任，尽好责任。他珍惜土地，提倡重新分地和收荒地外租，托人写材

---

① 贾平凹：《秦腔》，人民文学出版社，2008年版。

料，找人签名，遭到了反对，自己的儿子们都觉得他多此一举，并会让自己吃亏，他说："你吃亏了，那些娶了媳妇生了娃娃的人家没有地种就不吃亏？"[①]在清风街，这是被背弃的做人道德了，所以他后边就跟着一个哑巴、一个傻瓜、一条狗，可这个哑巴这个傻瓜这条狗却也不能真正理解他的良苦用心，不是发于同感地自觉追随。这朴素的道德自律真消失了的话，会怎样？贾平凹问出了很多，像声音消失在巨大的虚茫，问后，一片空渺。

在《秦腔》中，夏天智是夏天义形象的补充，他们共同反映了贾平凹对当代农村的整体把握与思考。在夏天义象征的土地危机、道德危机外，夏天智象征的是乡村文化危机的命运走向。各个地域的戏剧是这方土地上人们精神性格的最好写照，是人们辛苦艰难的慰藉和宣泄，也是人们困惑时的指引和劝诫。"秦腔"这一地域文化的标志，在涵养出它也被它涵养过的土地上难以生存。乡土文化与农民生活、农民精神的相互关系断裂了。夏天智爱听秦腔，高兴时就在广播里大声播放跌宕起伏的唱段；爱画脸谱，还把漂亮的秦腔演员白雪娶回家当了儿媳妇。可白雪先是生了个没屁眼的孩子，后是离了婚，白雪这种职业演员没饭吃，只好混迹民间唱红白事。戏剧

① 贾平凹：《秦腔》，人民文学出版社，2008年版。

这一深入百姓血肉生命的精神资源枯竭了。即便乡土文化不消失,作为文化遗产继续存在,可跟农民不再骨血相溶,在后代人的生活和灵魂中不再有体现和传承,那就是曾经可贵的一种生活方式、思维方式、情感方式甚至道德方式的终结,是一种民间精神的气脉断绝。可用来滋养农民灵魂的新艺术种类仍不见踪影,流行歌曲恐怕远远不够。农民就任由心田成为废墟,成为荒地,杂草丛生。

《秦腔》是贾平凹的心血凝结,写出了农村在转型期新旧交替间的混乱芜杂,也写出了知识分子对这种势不可挡的变化的惊恐和忧虑。很多论者认为贾平凹采用引生这个疯子的叙述视角,使这部写实的作品有了些魔幻的色彩,但我以为,引生这个叙述视角恰恰是这部作品的硬伤所在。不仅是因为这部小说的原生态朴素写实,本不必多此一举,更主要是因为贾平凹所赋予引生的本能状态下的思想能力和感知能力,对他想通过引生视角达到的出离现实、反观现实的间距效果,无法提供实现可能性。换句话说,是引生这个人物的形象能力,担不起他在作品中的叙述角色和反思职能。引生这个人,充其量也就是农村带点痞气带点愚,顺便有点通灵的光棍汉罢了。他装疯卖傻,主要价值除珍爱白雪,与别人的轻易离弃造成反比外,自身没有任何超出一般人的认识和判断,而这点,对于这样一个主导性的人物来讲,是关键的。他整天跟着夏天义去淤地，忠心耿耿，可他不是因为理解所以跟从，他自家的地草长得盖过庄稼也不管，他一点不懂夏天义对土地的忧患与珍惜，只是盲目的跟屁虫而已。

孟八爷：活命与活义的抉择间

从陕西到大漠，那遥远偏僻处的荒凉地在大时代的发展中经历着什么？甘肃作家雪漠的长篇小说《大漠祭》《猎原》《白虎关》都是对此主题的表现，读来让人心酸，广大的大漠人民没能享受到发展带来的成果——物质富裕，却因为地理因素的制约，不可避免地承受的是发展的负面影响，而且村子里的外在生活层面和人们的精神层面发生了巨大裂变。雪漠以他不倦而深情的写作、辽远而切近的思索填补着中国文学的空白地带，让大漠农民的命运和痛苦在当代文学中得以鲜活呈现，也以他独有的修行者的体悟丰富着当前文学的精神疆域和信念经验。可是，对他文学价值的认识却有流于偏颇潦草的嫌疑。西部人在现代化过程中遭逢着怎样的艰辛与痛苦？西部环境承受着怎样严峻的考验和伤痛？同时，西部人又表现出与其他地域百姓怎样不同的气度和豪情？我想，雪漠的《猎原》和《猎原》中的孟八爷，证明着一切。

《猎原》是平和而深邃的，文字描述从容徐缓，而内在紧张，严迫逼人。它带着新鲜而绵厚的气息冲进人的阅读心野，“浩瀚而苍凉，剽悍而腥膻，遥远而亲切，粗犷而缠绵，凉州的，西域的，大漠的，猎原的，只是在地球上这一片生存的环境中才有的”①。就在猎原这片生存环境中，孟八爷这个打了一辈子狐子和狼的老猎人转而开始了他艰难的护狼行动，以生命为代价，不悔不退。在活命与活义间，他义无反顾地选择了后者。可是，那绝大多数的大漠人呢？他们无奈选择了前者。在活命与活义惊心动魄的争斗中，人—狼—羊—大漠的关系链在失衡中动荡摇晃。

鹞子、张五选择活命，他们四处打狼。鹞子家交不起税款，被政府拆了房；张五几个儿子的媳妇都要靠一张张狼皮来换，自己有病也不去看，只能选择躺在床上等死。牧人选择活命，猪肚井的水越来越少，他们为争夺水井大打出手。羊渴得绿了眼睛，见到血就一拥而上，变了本性。羊群的异变是牧人心性异变的象征。就连乡镇政府也出资请人打狼，经济增长的任务迫使他们悬置了自己的清醒认识。他们顾的只能是眼前，眼前活命的压力汹汹逼来，贫穷背景下的他们处境凄惶，打不来狼皮换不来钱，打不死狼就丧失了羊，一家人的基本生活就没了保障，牧民的羊群遭受损失，镇里的经济收入就得不

① 崔道怡：《地球是这样毁灭的——〈猎原〉读后有感（代序1）》，载雪漠《猎原》，敦煌文艺出版社，2009，第001页。

到保障，上级规定的经济增长任务就完不成，官帽子就有被拿掉的危险。理由都很充分，也都很实际，这些困难使人们做出艰难选择。

那么，打狼的后果呢？狼少了，狐子就多了，狐子多了，大漠就受到破坏，绿洲就少了，水就少了；狼少了，羊就多了，羊啃坏的荒地就多了，那么，以后的日子里，再发展的空间就更狭窄了，简直是死路一条了，草没了，羊如何生存？羊没了，地没了，人如何生存？羊和人都没有赖以生存的资源了，乡镇的经济增长哪里来？

实质上，这就是短视与远见的思维方式的相较。可悲的是，短视的往往是大多数，因为未来是不关己的，虽然关乎后世子孙，但那就管不了了，不在眼前的就不在考虑范围之内。用不可见的未来利益限制可见的眼前利益，把手边的利益作为代价舍出去，跟割肉一样疼，肉疼不能忍，心疼可以忍。

但孟八爷选择了活义。这个西北大漠的老人，以他爽直的性格、不屈的精神，挺立起一个民间明理识义的英雄形象。他是猎人，所以他知道生物间的相生相克，他清楚不保护动物的后果——生态失衡。选择活义的前提是他知道“最大的威胁不是狼，不是水，而是那颗蒙昧的心。心变了，命才能变，心明了,路才能开”①。但心明了,揣着明白会不会照办糊涂事呢?大有可能。这小说中的明白人不是只有孟八爷一个,但拿生命去护狼,苦口婆心劝人们注重保护环境的,舍他其谁?最关键的一步还是腿跟心,心里清楚了就坚决按照清楚后的道理来做。这直,这正,这牺牲,哪里是谁都能交付的呢?孟八爷为护狼,做出了很大牺牲,隐忍了误解甚至讽骂,孤身一人穿行大漠,差点被沙尘暴埋掉,被鹞子追踪伤了脚筋,硬是拖着伤腿来到蒙古,寻找那药狼的药,希望用这种不伤狼命的方法实现牧人利益和护狼大任间的协调。孟八爷是一盏灯,不知能照亮几颗沙漠中仍在昏聩中的心。谁说无知者无罪?这话过于轻松,不负责任。无知何以无罪?无知任由那不良风气滋长,做了罪孽进袭的坦途。无知混同欲望和私心,生出了多少遍地发芽的恶之花?牧人无知,那猪肚井就被糟蹋成不能再生存的荒漠;村人无知,那外国“疤鸡”就能买来许多鹰用来贩毒。

好在,还有希望。不是吗?尽管是漆黑中的一抹晕黄。孟八爷身后有追随的年轻人猛子,身边还有能听他讲道理的个别人,比如老顺,就把钱退给“疤鸡”要回了自家的鹰,还拦截了“疤鸡”的运鹰车。西北汉子的豪情仗义、血性刚直还是

① 雪漠:《猎原》,敦煌文艺出版社,2009年版。

让人敬佩的。

但真有希望吗？孟八爷是《猎原》中最虚的人物，他无家无口，这样写是想给他的行为奠定一个不需犹豫矛盾的基本条件，还是在暗示一种自我消解？如果他跟另外一个猎人张五一样，有几个儿子等着钱用，眼睁睁看着狰狞逼来的生存压力带着狂傲的不可一世，碾压着他清醒的认知，继续做抉择，他还会这么毫不犹豫、毫不退缩吗？况且，那跟随者，那听从者，有，却是寥寥。那读过书识得理的乡镇干部还明知故犯呢，何况还有那么多不跟随不听从的绝大多数。真保得了吗？保不了怎么办？鹞子打狼，狼咬死了他全家，结下深仇。人坏了生态，伤了生命，报应一定会来。而且，不在遥远的未来，可能就在眼前。所以，我想，雪漠一定是希望唤醒人们，希望警示人们，也立了榜样，但他不由己地陷在大寂灭的虚空中，就像小说结尾所说的那样："该死的，就叫它死吧，哪怕是希望。死了的希望，就不再是希望，仅仅是一片废墟，一点记忆，一抹伤感的印痕，一晕无奈的痛楚。"①

雪漠的小说，以西部现状呼应着全社会的现代化发展，并提出了两个严肃的命题：生存与生态的关系，现代化发展与心灵滋养的关系。而这两个问题在片面发展模式中的失衡，以

① 雪漠：《猎原》，敦煌文艺出版社，2009 年版。

及随之而来的后果，雪漠亦给出不够乐观的暗喻。

从中到西的三位老人，他们代表着一代前辈的文化生成和精神气血，其命运“鲜明地表露出来的是传统价值体系的没落与崩溃”。中原呼天成是豫地“官文化”的生成物，陕西秦天义是秦地厚朴正道的承载者，大漠孟八爷是大漠粗豪民风的发扬人。但他们是三块大地的三棵树，树旁那无边无际的各色杂草却早没有了地域深层养分的区别，显示出承受时代风雨的同质性：无知盲从，唯利是图，被物质欲望烧了心。从中到西，地域精神气质的独特性正在消失，统一性正在达成，已呈现出外在风潮下的表象一致与内在蛊惑中的灵魂一致，而这将是滋养新一代人成长的具体环境。植物对于土壤、空气、水分和风向，没有选择。年轻人必将在当日这样的环境与风气中成长，营养也罢，毒素也罢，统统要被摄入体内。

不过反过来再想想，这年轻一代的成长可能中，有没有良性因子的萌芽？是不是同时也包含了其新的生命形态的转化的萌芽？三部作品不约而同地出现了怀疑型的农村青年形象，《羊的门》中那个唯一要出走的复员军人——刘全的儿子，《秦腔》中那个痛苦的流行歌手陈星，《猎原》中那个几近崩溃的黑羔子。当然联系三位作家的更多作品，还会有更多的年轻形象。这是次要的。重要的是这是一种宝贵的可能性。一种气散，会不会有另一种气正在慢慢聚敛？虽然过程缓慢得看不出痕迹。年轻的一代，他们所应对的人间乱象，不仅有外在社会层面的，更有人内心层面的断裂与混乱。所以作家不仅要关注失去的，更应该关注正在来临的，那有待析理的新质素的凝结与逐渐成形。他们这一代作家和学者的困惑，也必将是我们这一代作家和学者茫茫征程的起点与立足点。因其尚不成形，故更有意义和价值，当然也更有挑战性，好像在绝望中闯关，茫茫中奔突，也许忽然就见了亮色。

论“50后”作家主体性“人民意识”的文学意义

可以说，一部新时期文学史，在很大程度上，就是一部“50后”作家创作史。就如孟繁华在他受到争议的文章中所承认的那样：“三十多年来，这个文学群体几乎引领了中国文学所有的主潮，奠定了文坛不可取代的地位。公允地说，这一代作家对中国文学做出了不可磨灭的贡献，甚至将当代中国文学推向了我们引以为荣的时代。历数三十多年来的文学成就，这个群体占有巨大的份额。”①那么，放在百年文学的框架内，我们会发现一个非常有意味的现象：现代文学的作家抱持启蒙，将“人民”作为被关照注目的“国民性对象”，在理性的客体审视中表达着他们的忧虑与解析；而当代文学在1990年后努力抵达最高处的那些作品却恰恰在于“50后”作家不一样的

① 孟繁华：《乡村文明的崩溃与“50后”的终结——当下中国文学状况的一个方面》，载《孟繁华自选集》，山东人民出版社，2018，第224页。

甚至反向的选择——主体性“人民意识”的确定。“主体性”在这里是指这些作家在感受和理性中不外在于“人民”，而是共为整体，他们只是作为一部分，从而获得内视的角度可能。在这种自觉意识下，他们生在民间、长在民间，后来处在别处，身体游离，但仍把自己融入野地，不再从庙堂之上以居高的姿态俯视众生，而是趴在大地与万物、与“人民”贴在一处，“反其道而行之”，以退为进，在藏污纳垢的博深与丰富的民间资源的发掘中，从低处通达高峰，从而为当代的文学写作积累下最重要的新经验，创设下新叙述伦理，甚至新秩序。莫言曾经在不同场合反复强调“作为老百姓写作”，阎连科强调与土地的紧密联系，贾平凹声称“本性是农民，如乌鸡，乌在了骨子里”①。当然，这种经验是“50后”作家在反复困惑与探索后寻找到的最适合他们的进入生活、进入文学、进入思想的方式，是否可资为“60后”“70后”“80后”“90后”作家的方式，是否在叙述当下和以后的生活变化时仍然适用，是本文最后要抛砖引玉的话题。

“50后”作家的主体性“人民意识”实质上是作家身份变化的必然结果。现代作家的出身多为富绅或官宦，他们的文化背景多中西兼修，很自然地选择了“为人民”的精英立场，也

① 贾平凹:《秦腔》，作家出版社，2005年版。

随之建立起以“启蒙”为主的文学价值和文学秩序。最典型的就是鲁迅的《祝福》《阿Q正传》等，祥林嫂与阿Q在此是提炼后的思想情感载体，鲁迅对他们赋予了对旧中国国民性的观察和思考，他们是被塑造出用来象征国民性的活体标本。即便萧红、沈从文、老舍这些看似平民的作家，写了那时下层百姓的真实生活，但他们也远远不是纯粹的闰土式的乡土农民，作品中的民间生活仍然是启蒙价值关怀下的“被看”。作家与阔大的乡土大地的真正打通从赵树理开始。他是作家中第一次用农民的眼光看农民、写农民，用农民喜闻乐见的民间艺术形式作为叙述结构。“50后”作家的“人民意识”之所以是主体性的，根本原因在于他们本身就是农民，不是农民的那些也因为上山下乡而亲历了农民生活，从而大多跟农村有扯不断的瓜葛，农村生活也成为这部分作家的主要经验基础。对真正农民身份的作家来说，莫言、贾平凹、阎连科、路遥等，农民的生活方式和思维方式就是他们生命的重要特征。因此他们骨子里对现代作家那种相隔的农民表述是不满意不认可的，甚至，对某些作品，他们从情感上是否定甚至反感的。主体性“人民意识”的确立，是他们的自觉选择。这自觉选择是伴随着先锋文学、寻根文学退潮后，文学陷入穷途之时在回归中清醒思变的结果，是如何在世界文学背景下实现文学民族性的结果。这一选择，开创出了当代文学意想不到的新局面。

那么，这些作家的主体性“人民意识”的确立，有哪些方面的意义？体现在其创作中，又主要有哪些方面的特征呢？

这种意识的确立，我觉得意义重大，但说来也简单：找到了自己，或者说找到了在文学中表达自我经验的有效途径。在作家的创作中（避免繁杂，我就简单以莫言、阎连科、贾平凹的创作为例），主要体现出以下几个方面的特征：

首先，以故土经验为核心的文学王国的建立。当然，不可否认，是马尔克斯的马孔多和福克纳的约克纳帕塔法小镇，启示莫言等人寻找到了自我独异的文学领地，这领地，无一例外，故乡就是原型，以此为基础，作家主动建构起了能焕发他们创作激情、调动他们思考的象征世界。莫言的“高密东北乡”，阎连科的“耙耧山脉”，贾平凹的“棣花街”等。这一代作家因为建立了文学领地从而耕耘出了硕果。莫言曾经在表述自己的创作经验时说过这个文学故乡与他们创作的宿命关联：“我要写的内容全部移植到一半虚构一半真实的高密东北乡来。《天堂蒜薹之歌》本来是发生在山东西南地区的一个故事，后来我把它放在我的家乡来写，一下子找到了感觉，儿时那种对生命和大自然的感受在这种政治题材的小说中得到了延续。”[①]也就是说，这个东北乡已经是融合了莫言的童年经

① 莫言与大江健三郎对话：《我不赞成作家要为老百姓写作》，《南方周末》2012 年 10 月 11 日。

验让后世见闻得以绚烂绽放的精神土壤，已具有形而上的意味。阎连科的同类表述是这样的："我一直认为，中国的中心在中原，中原的中心在河南，河南的中心在我们县，我们县的中心在我们村，我们村的中心在我们家，我们家的中心在树下的一块石头上。"①这块土地是作家表述他与社会、与世界的复杂关系的出发点与承载物。

其次，被遮蔽的民间精魂的文学发现。被遮蔽或被忽略的广阔大地上的民间精魂一直默默存在，但直到有了"50后"作家的集体关照，才呈现出原味的真实。经由百年社会思潮与运动的冲刷，民间残存的民族精神遗脉和一再被边缘化的民间文化，成为现代人灵魂元素的重要组成。而这，与"50后"的记忆和感受息息相关。贾平凹在《秦腔》中，以后世疏离漠视、夏天义夏天智固执持守民间文化与礼义的反差构成了重要启示——国人曾经的民族气脉、精神持守对当下文化困境、精神乱象其实有不凡的反拨意义。阎连科在他最深情的中篇小说《耙耧天歌》里，通过塑造坚韧地带领四个痴傻孩子生活，最后以自己的骨血治好儿女痴傻病的尤四婆的形象，还原了中原百姓那野性而强韧的力量，写出了人民生活庄严的悲壮。曾经在千百年中沉默的片面化的农民形象，在此真实

① 阎连科：《我是"野生"主义》，《深圳商报》2008年7月7日。

而全面地成为“国民性”正面价值的体现。民间精魂动人的容颜，民间书写动情的笔端，民间嬗变深沉的思挽，成为他们文本世界和思想世界的核心所在。

最后，民间思维与艺术方式融入了文本结构。“50后”作家在先锋文学窄途难进的时刻，来了个漂亮的转身，实现了中国文学表达中国经验的本土化审美转型。毋庸置疑，这方面最积极的探索者是莫言。莫言从《檀香刑》开始，实现了从民间经验的自觉表达到民间艺术形式的主动尝试和跨越。《檀香刑》的小说结构主要借鉴了山东地方戏曲“猫腔”的结构方式，把小说分为“凤头—猪肚—豹尾”三部分，同时在小说语言中追求符合人物声口的民间化方言，使小说产生了特别的文体意义。另外，他的《生死疲劳》采用六道轮回的方式进行结构叙述，也让民间信仰的叙述资源进入了文学。另外，这一代作家，韩少功、贾平凹、阎连科、李佩甫、莫言、李锐等，他们在反思白话文文学的欧化倾向等弊处的基础上，主动承担了对中国汉语写作的责任。他们的一个贡献是以择取加工后的方言丰富了现代汉语的书写体系。

当然，“50后”作家的写作不是这样简单归纳与粗浅论述所能概括的，他们的文学史意义亦不是一篇论文所能梳理的。所以，这篇浅论充其量也就是点到而已了。当然，笔者也会在以后有了更充裕的时间、更成熟的思考后，继续具体详尽地探讨这个问题。

眼下“50后”作家在主体性“人民意识”的指引下，在坚守民间的写作中“真情妙悟著文章”，推动着中国文学的进步，也使文学史在此形成了一个重要拐点，连带起许多需重新认识和界定的文学价值标准。但，“50后”作家所经历的乡村生活今已不再，曾经哺育了他们文学气质与生命的民间资源今亦不再。况且，他们这一代作家本身，已经在关照中国生活方面出现了明显的盲区——20世纪90年代后被改革裹挟着集体改变了的“人民”的生活方式，在驳杂得超出作家想象的实际生活中，逐渐形成了怎样的新的理念和思维？尤其是没有传统烙印的青年农民，他们的头脑和血液中，在复杂的生存奔波中，会影印出什么样的精神图景，涂上什么样的灵魂色彩？他们这批作家，骨子里对现实关注的热忱促使他们竭力介入当下，但童年经验的深固使他们的作品出现差别，涉及他们过去乡村生活经验的作品文学质量高，涉及当下生活状况的作品文学质量就出现滑坡。当然，某种文理上，这也是没办法的事情。我在此提出的目的并不是批评他们的不足，而是想由此指出：年轻作家的才华，如果聚焦到这个写作盲区，应该会有所收获。毕竟“50后”作家先天的经验积累和后天的潮流摔打，以及历史机遇，都是年轻作家所不可能拥有的。

是的，世界变化太大。这个时代的乡村已经与往昔反差极大，其现在的真实状态是多种矛盾点的相互混合并生，城乡真实的事情常突破作家的想象极限，以难以置信的传奇性挑战并嘲笑、愚弄着作家的写作。这是以新形态耸起的乡村中国，它的“发展并没有完全掌控在想象或设计的路线图上，在发展的同时我们也看到，发展起来的村庄逐渐实现了与城市的同质化，落后的村庄变成了‘空心化’。这两极化的村庄其文明的载体已不复存在，而对所有村庄进行共同教育的则是大众传媒——电视。电视是这个时代影响最为广泛的教育家，电视的声音和传播的消息、价值观早已深入千家万户。乡村之外的滚滚红尘和杂陈五色早已被接受和向往。在这样的文化和媒体环境中，乡村文明不战自败”。①

也就是说，“50后”作家的写作经验刚刚成为当代文学的有效经验，就因为后来的年轻作家现实基础和童年记忆的变化而面临被悬置的命运。那么，年轻作家在现实面前如何调整自身与文学的关系？他们用什么方式去认识和表述？整体性的认知已经不可能，碎片化的表达又显出捉襟见肘的局限。就目前的创作情况来看，年轻作家很努力，但他们大多数还没有寻找到合适有效的方式。他们继续文学创作的难度，越来越大了，首先是认识的难度，其次是表达的难度。他们普遍有

① 孟繁华：《乡村文明的崩溃与“50后”的终结——当下中国文学状况的一个方面》，载《孟繁华自选集》，山东人民出版社，2018，第220页。

在繁杂现实中沦陷的危险，无奈，只有穷尽所能地在想象力平行于现实的宽度上不断铺展，无力做到在想象力的境界高度上攀爬。是的，非故事性经营的、思想认识方面的想象力高度的缺失，将使这难度的质地显得更加坚硬。

关于当前文学如何叙述现实的一点感想

近些年来，作家和评论家都感到现实生活中的故事超出了作家的想象力，大家都意识到了一种前所未有的挑战与困难。那么，这个困难存在的根本原因在哪里？不是作家的感受力钝弱了，也不是作家的表现力逊色了，而是作家将难以从繁杂凌乱、超出想象的社会事实中，辨析、剥离出内里真相的纹理来。随着互联网、电视、报纸等媒体对社会现实的介入与呈现，社会现实有声有色地从东南西北瞬间来到眼前，这许许多多他人的故事、他者的命运不知不觉间跟作家身边人的生活经历、命运相遇，它们强势地构成了包括作家在内的每个人挂在嘴边落在心间的公共经验，构成了作家的写作源之一。于是，作家耳闻目睹的疆域借此无限扩张，扩张速度快到占满了视线充塞了心田，扩张到身处现实间的作家光了脚去追都无法赶上。怎么赶得上呢？追上了鸡跑来了鸭，刚好不容易劳力费神地揪住鸭屁股，那边又狗声狂吠、人仰马翻。

也就是说，随着时代快速发展的现实生活的复杂性，构成了作家认识与表达的困难。

这就要谨慎了。其实，任何优秀的作家一定是保持着清醒而固执的自我理解与见识，他不会轻易被种种应该如何的说教所引导，他怀疑这种种应该如何的说法的合理性背后有另外的武断与轻率，他不会被当下轰然而起的诸种潮流裹挟着趋同而写，他坚定地遵循着最简单的文学法宝——做有差异性的“这一个”。我想，面对逼压而来、貌似超过作家想象力的超大体量的现实生活，一个清醒的作家也会困惑，会无措，但他不会急切地投身其中、正面强攻，为之做仓促的浮世绘般的赋形，他会在冷静中继续坚守，继续增长见识。有时我感觉，这世界的表面现象越来越新奇繁杂，但也许这世界的内在却越来越空荡，这世界的真相却越来越简单。

眼下，无法被体验的公共经验越来越多，那么，有着切身记忆和思考的个体经验就更要被珍惜、被重用。世界是由千丝万缕联系着的事物组成的，一个蝴蝶扇动翅膀带来的轻微的风，也许就传递着全球性的气候讯息。那么，个体经验表达到深刻而透彻的境界，就一定是中国经验、人类经验的投影和体现。既然如此，那就索性从现实的泥沼中抽身而出，从眼前的社会事例中转过脸去，摒除干扰，让眼睛回家，回有我们自己生命体验的那个小家，相信我们自己所经历过的一切喜怒哀乐，都是汇聚大海的点点滴滴，都是“复杂的中国经验”的所在。个体经验是作家实现自我的最佳通道，作品最终指向的是作家的自我完成，或者更精确一点，是对自己独有的典型性的完成。作品很有趣，她和作家的才华、性情、品格、习惯、胸怀等内在特质息息相关，并常常因为这些特质本身所兼具的优点和缺点而呈现出文本世界的相对性，常常在“收之桑榆”的同时，在另一个视角下“失之东隅”。但这又有什么关系呢？真正的完成必然有瑕疵，但它就是能让人流连忘返，因为它有那瑕不掩瑜的动人处。莫言像一个痴狂的叙述者，他不节制，泥沙俱下、江海横流，文字多呈现出泛滥的态势，但他却以坚定的勇气和自身的力量实现了自身文学特质的典型性。

现在，许多小说都缩短了文学与生活的距离，像极了我小时候见的复写纸。但文学反映生活而不是生活，文学是审美性的艺术。文学与现实之间的距离不可缩短。今天早上，我在书房墙角处发现一只小蜘蛛，于是我把手放在它旁边用力弹动，我想看看它的反应是聪明还是笨。结果出乎我的意料，它很有智慧，突然直扑到我身上，导致我看不见它而它能安全逃遁。原来，近在眼前的事物常常让人看不清楚，拉远些必要的距离才能认识身边发生的一切。文学与现实之间的距离不可缩短，距离存在的必要性在于，只有在距离造成的相对自由中，我们才能完成对生命经验的反刍，才能完成对现实生活的认识，长远的目光能看透眼前的事情，能见识到表面现象掩盖下的真实。那就放心去天涯，心灵空间越辽阔越自由，精神寻求的辨析历程越持久越清晰。作家的极致可能就是孙悟空，既能入地，找出隐藏在世间生活底部的土地爷，发现这种种事情的内在玄机，又能上天，拉出那逍遥于世外却远控着万事万物的神仙，让他们露出真容，并参破这世间生活逃脱不了的遥远因缘。既然要做孙悟空，虚构就显得更重要了。一直以来，虚构都是挺考验作家的才华和能力的，虚构的浅层是故事层面上关于真实而有意味的细节的想象，要达到浅层已属不易。虚构还有深层，是创作主体的精神营构，是他们用文字和形象为自我的思想、情感、信念、性格等搭建的栖居桃源，是他们在现实的土地上用现实的一砖一瓦建造起来的庙宇，这庙宇却能指向蓝天或面向彼岸。大地上所有的庙宇，都是以反向现实的方式，通向人类生活和人类精神的最深处。

第二辑

写意中原

——李佩甫印象记

写这篇文章的时候，我脑海里突然出现一个假设：1953年出生的佩甫，没什么文化的工人父亲和母亲，如果给他起一个那时很流行的名字——李建国，李跃进，或者李东方等，会怎么样。或许，他还是他吧？一样成长，一样下乡，一样当工人，一样写作；或许，他不是他了？《羊的门》由李建国写？《生命册》由李跃进写？感觉那么别扭，不对头了。

李佩甫只能叫李佩甫，李佩甫只能成为李佩甫。

而这一切，从童年开始，就已经注定。名字对某些人来说，只是称呼而已，阿猫阿狗没关系，但对某些人来说，却是暗隐着的命。

佩甫老师是生在草木灰上的。在他之前，家里已经有两个孩子在草木灰上生下来后，惊厥夭折了。佩甫老师生下来不久，也惊厥了。家里人咬咬牙借了三十块钱，把他抱到医院打了针青霉素，保住了性命。因此，他是家里的“娇宝蛋”。父母给了他叠加的宠爱，他是不是注定就有了叠加的负荷？对他格外重视的父母，请了一个先生给他起名字，这先生给起的是李佩甫。这是不是一种注定的精神暗合？杜甫，这个出生于河南巩义的唐代“诗圣”，其诗魂早就成为沉淀在这片中原大地上的精神元素，时不时被后世来者感知和回应。李佩甫，这个名字像是上天的启示，注定了他命运的流向所在，也暗合了他精神气质的某些特质。

每次去佩甫老师家，他总是坐在面南靠窗的单人沙发上，我总是坐在面西靠墙的长沙发上，然后，沏一杯毛尖茶，开始闲聊。逐渐地，我对佩甫的文学道路有了些了解。俗话说“男怕入错行，女怕嫁错郎”，佩甫的人生从小时候开始，在他无意识间，各种因素都朝着文学方向渐进。孩提时代，他特别喜欢读书，千方百计借书，如饥似渴日夜读；青年时代，回城上技校，他一下子办了四个借书证，还订了六份杂志，《人民文学》、《学习与批判》、《朝霞》、《天津师范学院学报》（今《天津师范大学学报》）、《湖南大学学报》等。听他讲到这里，我大笑不止：“学报你怎么也订？”他说：“当时就看是文科类的，也不知到底是啥，这家伙，就订了。”“这家伙”“这货”是佩甫的口头语，很中原化。田间地头、墙角树下，三五村人坐着闲聊，“这家伙”“这货”“那家伙”“那货”是日常用语。印象中，他好像没说过普通话。逐渐地，“这家伙”已经成了他独特的文学语言，甚至是其思考方式和结构方式，带着田野村头的气息与味道。用河南方言读佩甫的小说，才能入味。技校毕业进工厂后，他开始写文章。1978年，他的第一篇小说《青年建设者》发表在当时的《奔流》杂志上。我问他什么感觉，他说：“第一篇小说发表时我啥感觉吧，那天下午单位组织篮球比赛，报纸目录出来之后，心里高兴，当时怎么投怎么顺，情绪力量是很大的，我投篮从来没有那么顺过，在我们厂里。所以说，情绪的影响力量还是比较大的。”后来，他就在文学这条道路上走到了今天，而且，在作品中，总保持着饱满的情绪力量。对从事文学，他常有“找对了”的满足与幸福。他说：“我比较幸运的是在哪儿吧，一个人一生能够找到自己能做又喜欢做的事儿，这是最幸运的。很多人一辈子左选右选，做的很多都不是他最喜欢的事情。”

佩甫对人生没有设计规划，却又像被设计规划好了一样。

1986年，他发表了《红蚂蚱　绿蚂蚱》，一下子找到了最恰当的文本方式，确定了以中原为根基的写作定向。在乡土记忆被唤醒之后，他又写了那篇一部分以乡村表姐为原型的《黑蜻蜓》，唤醒了沉睡中的乡村情感。这两篇小说离佩甫童年生活最近，是他在寻找写作领地过程中“醒了的开始作”。童年经历是佩甫一直强调的经验，2012年6月份，我采访他时，他说："小时候我是一个'饥饿的小儿'，六七岁的时候，刚上小学一二年级，几乎每个星期六的下午，我都会背上小书包，到乡下我姥姥家去，为的是能吃上四顿饱饭。去姥姥家要走三十里路。我一个小儿，总是很恐惧、很孤独地走在乡村的土路上。一个人的童年是至关重要的。童年里，我是在姥姥的'瞎话儿'（民间的传说、故事）中长大的。那时候，姥姥已是半瞎，记忆力却惊人的好。有无数个夜晚，我都是在她老人家喃喃的'瞎话儿'中睡去的。夸张一点说，我的童年是在姥姥的'瞎话儿'中泡大的。她讲的'瞎话儿'（乡村故事）就像明月一样，每晚都在我的床头升起。"在这里，童年在姥姥村庄里生活的经历就非同寻常了，不仅是一个饥饿孩子的填饱肚子，还是一个孩子精神世界的最初营养。就像刘震云经常调侃的那样，他人生中跟黑格尔一样厉害的哲学家是他大字不识的两个舅，一个舅是赶马车的，告诉他一辈子就干一件事，一个舅是木匠，告诉他做事情要慢。可见，乡村经验于他们，好像"一个'伤口'，一条'尾巴'，或者说是一个'胎记'，它是长在身上的，含在血脉里的，割不断的。你只不过是一次次地'抚摸'、发问、回望"。

中原大地与李佩甫，在童年这个纽带下，开始在文字中有意识地发生重大关联。在这个过程中，真不知是苦苦寻觅的佩甫撞上了中原大地，还是沉默千年的中原大地撞上了佩甫。

言而总之，总而言之，两者撞上了，这个结果很重要。

从此之后，佩甫的小说创作，无论是写杨如意还是呼天成，无论是写刘汉香还是吴志鹏，主角其实都是一个：中原大地。这片大地，没有山脉，一马平川，看过去一望无际，单调而又丰富；这片大地，有一条河叫颍河，无声无息，滋养万物，流过岁月的兴兴衰衰，在疲惫中哼唱着喑哑的歌。就在这片土地，生生不息地长着各种各样的草，它们在小中求生，弱中求活，卑贱而坚韧，隐忍而刚烈，在黄土上匍匐出旺盛的青绿。之后，佩甫有意识地一步步把自己的领地扩大，他常年坚持在乡间行走，襄城、禹州、许昌县、鄢陵、长葛，在行走中观察万事万物，熟悉地理环境，感受风土人情，于是，整个豫中地区构成了他写作的领地范围。在这块领地上，他像头老黄牛，低着头呈思考状，弯着腰使着劲，常年精耕细作，写出了一部部关于豫中地区生存状态及其成因的代表作品——《李氏家族》《金屋》《羊的门》《城的灯》《生命册》等。佩甫一直在用文字书写中原大地，他不重塑形重表意，所有的具象都是被他赋予了抽象的载体，他写得最好的不是大地上的有形物体，而是天地间的无形，一阵风，一种感觉，一股气味，一缕余脉……

在作家群中，有些人善于“挖坑”，有些人适合“凿井”。佩甫是后者。他有两句话，流传在省内的写作圈子中。一是“用认识照亮生活”，他强调认识的重要性，所以他在不断的行走中涵养感受，在感受中升华认识，在认识中思考中原大地的生存哲学——核心是人与土地的关系学，或者也可以叫作植物成长学。所以，把他的作品排列起来，其实是一层层通往形而上的认识深化的阶梯。二是“聪明跟不聪明，前后不错五分钟”。这话显示了这个不是很聪明的人的态度和自信。因为不很聪明，所以就勤奋执着，也自有硕果。就像“龟兔赛跑”，乌龟没有兔子一跃而起的矫健迅捷，却有慢慢悠悠的恒劲与从容，并且，心无旁骛，不会因速度的急切而错失任何风景。

相对来讲，佩甫老师是单纯的人，因此他常常显得不够灵活，反应不够敏捷，不善于开玩笑。但性格往往就是这样，具有两面性，在这些人际交往方面的被动迟钝，反而助推了他文学上的成就，反而使他能入得深，入得持久，不挂念写作之外的事情，没有“打一枪换一个地方”的陋习，相反有数十年如一日的生活上、写作上的惯性。这口井，就在叮叮当当的不停歇中，开凿得深了，开凿出大地千万年的蕴藏，涵盖当代风起云涌间的每一缕变幻。佩甫外在随和，谨慎，害怕麻烦和干扰，跟写作无关的闲杂人事能少尽量少，能无尽量无，但他内里挺固执，真正在意的事就一根筋了，较真得很。那次我开玩笑地问他：“之前你笔下的女性形象为何好像都有些一根筋？”他说：“当年可能是我认为这是最好的女子。”这世上，谁跟谁看着对眼都不是偶然，都有必然性因素。二姐、满风、刘汉香这样的女子，一方面是跟佩甫幼时记忆有关，但更重要的，是跟他个人气质性格相契合。

2012年，佩甫的新作《生命册》出版。这部书里，他在城乡界限不再明显的当下，完成了城乡一体化的认识。告别几十年的“城乡二元”思考模式，避免一些细节的重复和写作惯性的重复，对佩甫来说是个很困难的过程。但写作就是这样，只有在克服困难与突破中才能逐渐得到提升。《生命册》完成后好评如潮，但佩甫总是带点不好意思。记得2012年的12月，他在北京领完“人民文学奖”后，在南阳社旗举办的“文鼎中原——长篇小说精品工程优秀作品”颁奖典礼上，他因为自己也获奖而有点不好意思，说：“都是年轻人的事，我这老家伙了，得不得这个都无所谓，多扶持鼓励年轻人。”

佩甫老师不善于滔滔不绝，但对喜欢文学写作的后辈还是经常教诲，只是言简意赅，一句话顶一句话。他最近又有了新的写作经验表述，说：“你们要好好走，做一件事就好好做，在自己的领域内，在自己愿意做喜欢做的领域内，做自己可以做的，并做到最好，这样无论是精神还是物质都会很快乐。文字创作还需要浓缩、提炼、浸泡，就跟发豆芽一样。”

现在，从李老师这里，我又取了点经：写作就是把生活的黄豆，泡成长着根须又有着翅膀的豆芽。怎么才能泡成泡好呢？耳边又响起佩甫老师的那句话：“过程是不可超越的。”

李佩甫小说论

李佩甫是以“小说”来表达他的“大说”的。这句话蹦出来的时候，我没有做褒语的倾向，也没有下贬语的意思，只是想尽可能地对他的小说创作找一句话来概括。他得于此，作品厚重，指向大时代的社会批判与反思；但他也损于此，这定向文学追求的固执限制了他的文笔，使其无法贴向具体个人生动复杂的微妙内在，只能专注在社会性或集体性特征的归纳与现象概括上。从 1978 年发在《河南文艺》上的第一篇小说《青年建设者》，到 2012 年出版并连续获得多个奖项的《生命册》，一直如此。生于 20 世纪 50 年代的这一代作家，内在精神诉求的构成中，对自我生活的关注都弱于对国家民族命运变迁的忧患。我想，这是那个年代成长起来的作家的宿命，很难讲这对他们是哺养中某种意义的成全，还是限制其某些方面的桎梏。人无法选择其成长环境，只能受其影响和塑造。

佩甫他们这代作家，心里最早被埋下的那颗种子是关于奉献和牺牲的，他们与世界的关联点是他们自身对世界的意义，他们顽固的文字情结体现为他们痴情于文字负载社会批判、人心改良作用的大道追求。

那么，佩甫在“小说”中“大说”了什么呢？是中原大地这个生存场，并借中原观测着整个国家和时代的精神风向与生态成因。佩甫的文学疆域其实就是许昌周围豫中地区那一大片平展的土地，以及这土地上的村落和城镇。踏上这片土地的感觉有点类似于走进佩甫小说的感觉，乍进去让人一下子激动起来，每走一步都能感受到一种新鲜而醺然的迷醉，但不久就被一种持续而强烈的乏累感所困，好像被罩进一张看不见摸不着的织网，忽然心里躁乱，甚至开始莫名恐慌，好像有一股吞噬人的土腥味正在逼至口鼻，令人窒息，令人迫不及待地想要转身，逃离而去（当然，逃离一段时日后，就又是无边无际的想念了）。可佩甫始终没有逃离，他甚至主动选择了往深处陷去，陷进这土地的日日月月里，像田间地头的老黄牛，在同一块庄稼地里来来回回地低头耕耘，在静穆的黄昏安详地卧着，一遍遍反刍所经历过的每一个细节，时有咽部一阵阵滚动，让人意识到这不动声色的表层下，是一个巨大躯壳的内热的汩汩涌动。佩甫的写作就是对经验的不断反刍，在反刍中升华着认识，在认识中完成着“大说”。说说植物，从植物身上领会生命形态与土壤的生成关系;说说“人场”,在人情关系的透视中怀疑恐惧与现代社会标准相悖的生存规则;说说过去,在怀念过去的一点一滴中渴望寄托无以安身的惶急灵魂;说说现在,在观察当前的种种世态中捕捉并勾勒驳杂时代图景的精神轮廓。当然,归根结底,他一直在“说”自己,说自己想要以文字介入时代变化的内部以其解决时代精神问题的执念。尽管佩甫的小说与他个人生活的重叠交合非常少,但文字什么也藏不住,他的性格和情绪、认识和思考、矛盾和痛苦,他对生活的理解,对文学的理解,甚至他写作过程中矛盾情绪使然的停顿犹豫或急切表意使然的不管不顾,都暴露在外。尤其是从 1986 年的《红蚂蚱　绿蚂蚱》开始,他寻找到了自己的文学疆域,也同时寻找到了那个叫作“李佩甫”的叙述者,此后,这个叙述者实际上就是他文字世界的头号主角了。

一

佩甫从童年开始,就注定成为这样的佩甫了。作家的童年是他们创作生命的母体,在童年,他们第一次感受了偌大世界里的复杂人情世故,并从此刻骨铭心。他们在混沌中建立了自我在社会人事中的位置和方法,这成了他们观察和把握世界的视角。他们在童年经历过的往事是他们生命体验的原色，他们经历过的情感是他们日后写作的基调，他们渐渐形成的性格和习惯，是他们在文学世界中的行进方式。佩甫也时常强调童年经验对他的意义，他说："我一直有个观点，一个人的童年，几乎决定他的一生。在童年世界观基本定型了。后来会不断修正自己，但不会发生太大变化。"①于佩甫而言，他的童年经验和性格中的固执、内警，是他文学事业的助力，但同时，有些经验的教训和性格中拘谨、怕事的那一面，也成为他文字书写中难以避免的局限。

1953年，佩甫出生在许昌市一个穷人聚居的大杂院，这个世界托起他生命的是一堆草木灰——灰白色的余烬，残留些许霍霍燃烧后的微热，泛着一股淡淡的焦煳味。佩甫老师是生在草木灰上的。在他之前，已经有两个孩子在草木灰上生下后惊厥夭折了。佩甫老师生下来不久，也惊厥了。家里人咬咬牙借了三十块钱，把他抱到医院打了针青霉素，保住了性命。因此，他是家里的"娇宝蛋"，父母给了他叠加的宠爱，他是不是注定就有了叠加的负荷？格外重视的父母，请了一个先生给他起名字，这先生给起的是"李佩甫"。这是不是注定的一种精神暗合？杜甫，这个河南巩义出生的唐代"诗圣"，其诗魂早就成为沉淀在这片中原大地的精神元素，时不时被

① 李佩甫：《上网写字不能叫创作　警惕庸俗化的泛滥》，选自《中华读书报》2012年5月3日。

后世来者感知和回应。李佩甫，这个名字像是上天的启示，注定了他命运的流向所在，也暗合了他精神气质的某些特质。那个年代这样出生，此生必要有所担负，而佩甫，在成人后的漫长岁月中，一直在自觉自愿地、担负家庭、担负家乡、担负社会良心。这个穷人院聚集了几户人家，对穷人的艰难生计，佩甫有真切理解，对“穷”的体恤和认识就是佩甫作品的底色。而这底色，与大杂院忙碌的人有关，与母亲砸一整夜鞋垫有关，与农村老家亲戚生活的辛苦有关。佩甫从小话语不多，内向谨慎，将自己拘在规矩内，以求安稳度过小世界里的自在日子。追溯起来，佩甫的性格既与老实的父亲的遗传基因有关，更与要强能干的母亲的事实教训有关，是母亲性格和遭遇的反向塑造。母亲热情助人，积极参加街道的活动，但并不落好，还因娘家的富农成分经常受到排挤和打击。小时候的佩甫，常久久站在剧场门口的路灯下，急切但静默地等待着中途离场的人会主动给他那张进去的门票。就是这样自制的他，心里早有了无数双小手在张牙舞爪，嘴就是紧紧闭着，不主动请求或要求。于是，佩甫心里就藏了许许多多的东西，长年累月，反反复复，都留给自己在反刍中不断咀嚼。他认准的事就一根筋到底，不达目的决不妥协，不以斗争的方式，而是与自己较劲。童年的佩甫看了许多书，在阅读里，文字世界吸引并征服了这个孩子的心，文学就在这“最初的浸润”过程中开了一道命运的门缝。这些经历构成了叙述者的内在特征，沉淀在佩甫的精神组成和性情、习惯中，既体现在他成人后的生活方式中，也体现在他写作的思维方式里。

佩甫生于城市，但他大部分的笔墨却倾注到了乡村，而且深情得好像他们是天生的兄弟姐妹一样，乡人的生活变化和精神痛苦时常牵扯着他的神经。这要从佩甫童年经历的另一部分说起了，关于这部分生活的回忆，他在文字中表露得最多、最深情。中篇小说《黑蜻蜓》明显地说出了这段生活与他写作选择之间的因果关系，《黑蜻蜓》是打开佩甫文学世界的钥匙。那个小脏孩的性格、形象、经历跟佩甫本人的实际情况最接近。小说先迫不及待地交代了他跟乡村的关联基础——恩惠。“那时小脏孩就是一个小要饭的。他赤肚肚儿穿一小裤头，很黑，很瘦，一身肋巴骨，还拖着长长的鼻涕。他八岁了，在城里上小学一年级，饿得不像城里人。他来乡下就是为了糊一糊总也填不饱的肚子。”①二姐带他在庄稼地里四处转悠，吃野果、烧红薯、找花生，他认识了广阔无边、生机勃勃的田野。不仅是二姐，还有那些舅舅的照顾，姥姥每晚说不完的“瞎话”，与孩子们一起白天割草、夜晚在月明地里疯耍……整个村庄赐予了他童年记忆另一种新鲜广阔的自由与源于人

① 李佩甫：《黑蜻蜓》，《中国作家》1990年第5期。

心、人情的温暖，于是他将灰茫茫的天、苍黄黄的地刻进记忆，将绿油油的庄稼地、羊肠般的道路以及混合了臭味和腥香的牛粪刻进记忆，将路边不起眼但蔓延成片的野草、带着细细尘沙和青草味儿的风刻进记忆。成为作家后，他明白了：这记忆恩养了他一辈子的写作，写他们是自己的情不自禁，是责任的选择——站在这群人的立场上发声。因此，写作大地是他坚持的方向，是受恩者带着亏欠心理的感动与反哺。

十七岁的时候，佩甫被下放到许昌县苏桥镇后王村当知青，四年后离开。这段日子里，长大的佩甫在田野里劳动，与村人打交道，从实际生活的各个方面更真切地感知并理解着村庄。成为作家后的多次有意识行走与体验，他仍多次回到这里。这里，是姥姥家所在的蒋马村生活体验的延伸与丰富，是姥姥家经验的进一步真实化、具体化、复杂化，是他对农村社会人情世故真相带着理性体会和思考的开始。佩甫笔下的大李庄、画匠王、扁担杨，都带着这个村子的影子。其实，蒋马就是后王，后王就是大李庄，大李庄就是画匠王……平原上散落的村子，走进任何一个，所见所闻是千篇一律，就好像路边绵延数百里的玉米棵子，看着密密麻麻地各处招展，却毫无两样。这里的人们是以共性求生存的，过去是，现在是，未来，是还是不是呢？

二

佩甫从1978年开始发表作品。他写作的第一阶段是从1978年到1985年，这期间他发表的作品有《青年建设者》《在大干的年月里》《谢谢老师们》《憨哥儿》《二怪的画》《多犁了一沟田》《我们锻工班》《十辈陈铁事》《青春的螺旋线》《小城书柬》《蛐蛐》《森林》等。

这是佩甫小说训练的初期，他在试探摸索着写什么以及怎么写，先写机械厂的技术员，再写刚承包到户的农民，再写城市青年的苦恼和农村青年的拼搏。这些作品在佩甫的文集中基本没出现过，在关于佩甫的评论中也罕被提及，这相当于一个孩子的蹒跚学步，他还没确定自己的方向，还没形成自己的步伐特征，但仔细辨析会发现：这蹒跚中却已经蕴含以后的步履身姿。这时期的创作简单、青涩、生硬，像个初来乍到的愣头小子，却有股真诚的不屈不挠的劲头。这个时期的佩甫，勤奋内秀，进步速度很快，几乎每篇作品都有某个方面的改变和突破，而这些突破点也被他在以后的创作中继续践行，但某些点因合乎他形成的表达习惯，就在不自觉的反复使用中，反成了桎梏。这个时期佩甫的创作已经内隐了这样几个关键词：献身冲动，极端叙述，城乡相沿互映，激情倾诉，渴望突破。

这些词语此刻尚处于萌芽状态，但一个作家写作的前后关联就这样从文字中现出端倪来。

写什么呢？我想，这是佩甫刚起笔时的表达困惑，也是一个写作者的初期茫然。“生活是艺术的唯一来源”，那应该先写自己的生活吧？在许昌机械厂当技术工人的他，理所当然地选择了从工人生活开始写。写工人的什么呢？继续思考，依然茫然。此刻，他的笔还不懂贴他的心，而是在“大干快干”的社会集体情绪中寻找表达点。那时的他，也真诚地被裹挟其中，青年的热血怀着同样的激情与理想。他的前三篇小说《青年建设者》《在大干的年月里》《谢谢老师们》叙述的都是年轻技术工怀着一腔干劲儿，争分夺秒，要为刚刚结束“文革”的祖国建设事业，奉献自己的青春。《青年建设者》的开始，佩甫引用了这样的题记：“我要把我可爱的青春献给祖国最壮丽的事业。——雷锋日记摘抄。”这句话就是这些小说的主题指向，而这些小说的情节具体阐释着这种献身的激情与行动。读这些小说，好像在看年轻赤子的握拳宣誓，其言凿凿，其志烈烈，像我后来所看到的那年代的人物画，仍有一股股热气不断地从单纯的眼角眉梢蒸腾而出。这三篇小说都发表在1978年，可以看作附社会政治主潮的简单图解式写法，没有什么文学价值。佩甫从自身写起，却没有发现自身，进入自身。

从1981年的《憨哥儿》开始，佩甫转向写农村人事，如《二怪的画》《多犁了一沟田》《十辈陈铁事》《蛐蛐》《森林》等。奇怪的是，城市生城市长的佩甫，其文笔的自如灵活却是从写农村人事开始的，是“憨哥儿”这个“双栖”人物启示了他的关注转向。憨哥儿是接班到工厂的青年农民，他踏实肯干，善良厚道，但被城里工人(尤其是有关系的那些)取笑，什么好事都轮不到他。但他最后赢得了漂亮“师姐”彩凤的喜欢，羡煞人也。佩甫在此表现出明显的爱憎，开始切入实际生活中人情世故层面的困扰与苦恼。这篇小说里，他没有意识到的潜意识里的“城乡对立”“乡暖于城”的情绪在文字间先破了土。《二怪的画》中，他用河南方言进入了文学思维，并对天地自然初次回味：“五更，苍苍的，天地尚分不清鼻眼儿。”①二怪有个没成色的父亲，他很早就明白了要靠自己成长、强大。这里，乡村场的“成长课”拉开序幕，产生了一系列孩子们在这个背景中极早走向人生的故事。佩甫后来不断批判并反思的不等特权、冷暖有序、怀“狠”自强等在这篇小说里都稍有提及，浅笔画过，随之被这小说预设的主题淹没，那主题是：承包责任制点燃了农民的希望，二怪相信这好政策，只要泼出命去，没有改变不了的生活和命运！这时的佩甫简单纯一，理想主义的

① 李佩甫：《二怪的画》，《莽原》1981年第2期。

激情还正在持续。但人生路和文学路就是这样吊诡，此时觉得重要的日后渐淡渐消，不值一提；那被忽略、一笔带过的稍纵却并不即逝，反而留痕，并在时间中茁壮成长为灵魂世界不可替代的重要部分。《多犁了一沟田》写黑子与德贵为争执是否多犁了一沟田差点儿打架，最后被孝敬公婆、恩养孩子的寡妇秋嫂来批评一顿。这里，秋嫂作为民间道德典范开始出现，佩甫诉求于民间道德来解决实际问题的思维方式在此刻萌芽。随后的两部短篇小说《蛐蛐》《森林》是他早期创作成绩的体现，也是他个人对农村的诗意情感和与自己发狠死磕的个人性情的体现。他从这两篇小说开始，进入了作者的主观世界。《蛐蛐》开始诱惑人沉醉；《森林》写三个"阳壮壮的汉子"的攒劲憋气，改变现状实现理想的心理。这个阶段，我最看重的是《森林》。这篇小说里，佩甫以"没有关系"的乡下"弱势"群体蕴蓄愤恨、等待爆发的情绪，叙述着汉子们"阳壮壮"改命运、打天下的内宇宙，是佩甫由外在描写到内心塑像的突破。这股对不公不平怒而自狠的情绪弥漫在佩甫此后的所有作品中，既是他明显的对立情感和思维、双线互比结构形成的原因之一，也是他追求平等、公正、仁义的思想内核在文字中作为社会判断基点的呈现。

佩甫还写了《我们锻工班》《青春的螺旋线》《小城书柬》这三篇关于城市年轻人的作品，不是作为农村的对立面，而是写与农村青年一样的城市青年的奋斗激情，与农村青年一样的对社会不良现象的困惑与不满。《我们锻工班》依然是技术工人的延续，突出的是一群工人哥们儿在不平的秩序中依然互重情义、热心助人的高尚品质。对这些普通工人来说，讲究“关系”和“背景”的城市规则的压力，也在步步紧逼。因此，在佩甫的精神构图中，乡村世界作为缓解、慰藉的反比角色准备登场。《青春的螺旋线》中，那个叛逆少年严格要求自己、绑沙袋长跑的做法，类似于当时的佩甫：内心倔强而叛逆，自尊而较劲，年轻的灵魂时刻渴望着自由与成功。同时，他为表达淋漓而不顾现实逻辑的做法，他为突出人物的某方面单向度特征而采用了超出生理极限的累加式极端写法，在此刻已显现出来。比如他让那个卖茶的残疾老太太，负载了形象本身完成不了的精神意义。坚韧、善良外，他让她“辗转了四个省，挪着，挪着，走了几千里路”；还让她做了保姆，在主人家双方离婚弃子的情况下，主动承担并养大了那个婴儿。这有些放任主观意气而忽视了真实可信性。此时的佩甫，文笔过热。他内心急煎煎地不写不快，不按照自我意志充分表达不快；他开始由着自己情绪的牵引，不加理性役使，重倾放不沉敛。另外，在写法的探索中，《青春的螺旋线》用的是第一人称的日记体，《小城书柬》用的是第一人称的书信体，这两种方式便于直接抒发思想感情，佩甫似乎摸到了适合自我畅快表达的方法。

三

1985 年到 1992 年,是佩甫写作情绪最饱满激越的一段时期,作品由此直入佳境。这段时期的佩甫,以“地子”的身份进入了对中原大地的抒写。但这个“子”,尽管有血缘关系紧密相连,尽管佩甫从心态到笔势都与他们同荣辱共命运,但他终究不是浸泡于乡村场的“亲子”,而是心怀亲近、悉心观察的“外子”。

1985 年,李佩甫发表了《小小吉兆村》,这部中篇小说可以视作前一阶段的收尾,也可以看作新一阶段的引子。佩甫的文笔介入到村场里复杂的生存背景。我将《小小吉兆村》放在这里,是因为它跟这个新阶段的写作更为一致。佩甫灵魂里有个“黄土小人儿”,他之前不知道,经由“小小吉兆村”,他发现这小人儿在他心里守着一屋子的珠宝藏身门后。于是,他怀着狂喜打开门,放这小人儿到辽阔的乡村世界里奔跑,然后追寻着他的足印一笔笔写下这村庄的精魂。这就是《红蚂蚱　绿蚂蚱》中,佩甫选择泰戈尔的那句话放在开头的原因:“旅客要在每一个生人门口敲叩,才能敲到自己的家门;人要在外边到处漂流,最后才能走到最深的内殿。”他惊喜于这种找到。他发现:我是有土地的!被马尔克斯打倒、被福克纳规向的这批“50后”作家，在以家乡为中心占地划片的地域版图中，发现有一片属于自己且只属于自己的土地，是直接影响其创作心境和状态的大事。佩甫的写作激情充分鼓荡起来了，这个时期他的创作生命力勃发，既有对乡村记忆的默念怀想，也有对乡村历史的想象追溯，还有对乡村当下形势的急惶恐虑。有时候，他以人物或场景的拼贴组合描写一个村庄的风情；有时候，他以“花开两朵，各表一枝”的双线交替将小说直接扯入辽阔的几十年的时空构架中抚今追昔；有时候，他以不可抑制的强烈情绪用第一人称的“我”和第二人称的“你”来倾诉解不开的困惑和挣不脱的自缚。

《红蚂蚱　绿蚂蚱》开始，佩甫在刚发现的自己的经验世界里，实现了真正的打通，他进入了自己的记忆深处和情感深处，找到了自己的语言和思维方式，那属于李佩甫的独特感知、认识和语言。这部作品像他模糊酝酿了许多年而终于唱出的牧歌，关于几多的关于舅们的生命牧歌。这牧歌唱出了舅们艰辛中的善良，唱出了舅们灾难后的坚韧，唱出了舅们劳动时的壮美，还唱出了五姨一片真心换负心的可怜。佩甫带着感激，和着瞎子舅的琴声，唱出了“姥姥的村庄”的“村味儿”，跟其他村庄一样五味杂陈的“村味儿”。《红蚂蚱　绿蚂蚱》就像从心底深处缓缓流出的单纯明朗的前奏。不久，他连续写下这样的一系列中篇小说：《红炕席》《送你一朵苦楝花》

《黑蜻蜓》《画匠王——一九八八》《无边无际的早晨》《村魂》《田园》《豌豆偷树》《乡村蒙太奇——一九九二》。但曲调就复杂而多变起来，好像几种不同的声音相和相冲，共同鸣奏着这乡村难辨明难诉尽的众生相。这乡村仍是无私而善良地给人以哺养，这大地仍是宽厚地托养着人的生息，但佩甫已经正视并且开始在大视野中审视，写乡村阴暗而残酷的另一面。在《豌豆偷树》中，他再次聚焦"有毒的成长"，以教书育人的王文英老师的视角，深入描写了乡村权力和乡人势力如何让一颗幼小的心灵在被伤得伤痕累累的情况下，一日日地弥坚起来。他痛恨地批判这不辨是非、趋附强势的人场，他担忧这被毒素侵蚀了的心灵还能不能健康起来。《乡村蒙太奇》的最后，人们像黑夜里冒出来的一条条恶鬼，嗷嗷叫着抢光了保松家的果园，逼得保松以"上吊"的方式进行控诉与讨伐。村场此刻像残酷的动物场，强者将弱者捆缚至此，将他们的尊严一层层剥下，弱者将更弱者捆缚至此，以更残忍的戾气施虐，发泄心头长久积下的心火。另外，他还带着超乎写作内容的热力，在《红炕席》《送你一朵苦楝花》中滔滔不绝地诉说着内心汹涌起伏的情绪，让一波一波的情绪吞没了叙述者的自制与冷静。佩甫写作经常犯"易热症"，也许这冲动型写作对于他这个内向寡言的人，是沤物处理的一种必然心理需求。

值得特别提出的一点是：佩甫这时期好几篇小说的开头

都是以先打开一个叙事时空而开始的，开篇就是“三十二年前”的间距（他1953年出生，到1985年写“蚂蚱”，刚好间隔三十二年）和深深怀恋的语调。是否是受到《百年孤独》中那句“许多年以后”的影响和启示呢？“50后”这代作家，过去和现在常常交织在一起，突出着他们复杂而切肤的、与民族命运紧裹在一起的实感体验。而“许多年以后”的回顾，是特别适合他们叙述情绪的文学进入方式。

1986年，《红蚂蚱　绿蚂蚱》发表在《莽原》第1期。而1986年《小说家》的第5期，就发表了佩甫的第一部长篇小说《李氏家族第十七代玄孙》，1987年百花文艺出版社出单行本。这部长篇小说在1986年是部很有价值的作品，既是当代文学第一部书写家族史的文本，也是佩甫才思被点燃后迅速喷涌的佳作，是佩甫创作所抵达的第一个高峰。这是篇没有明确的意义指向，反有复杂意味多处潜藏，让人停顿沉思且不断有新感受产生的好作品。这部作品用有限的先辈生活片段与有限的当代人生活片段交替出现，组成了一个家族发展史浩浩渺渺的无限延续。这家族的历史，何止是李姓人的繁衍史，是每一个人隐在茫茫黑暗中的来处，是我们民族从蛮荒到近代的动荡发展史。而1986年的大李庄人呢？被欲望烧红了心，“坚韧”而茫乱地活在这“纷纷攘攘”的世界里。佩甫此刻已经进入了他后来不断深入思考的命题：时代变化中的乡人生活动荡与精神不安。对于家族过去与现在的关联，佩甫有困惑与感慨，却不下结论，只是真诚而忠实地还原、展现，但在无声无息间还是氤氲出了他敏感而机警地嗅到的那种气息——断裂。血脉代代相传，会有不变的东西在底部沉淀，但断裂和遗忘还是发生了，这在中国乡村的发展中，是已经公认的事实。先人的经验不再构成今人的参照，先人的传统不再成为今人的守诫规约，先人的精神不再是今人精神的营养，先人的脏污也不再是今人反观的明镜。断裂则传统之根枯萎，遗忘则负面毒素重焕生机。《李氏家族第十七代玄孙》是佩甫写作和思考上的一次飞跃，是他理性审视和现实批判的体现，他赋予了人事存在于感情之外的眼神和视角，同时，创造性地使用了他以后常用的结构方式——双线并进，一条时间顺序的纵线，一条切开截面、多人事拼贴的横线。

说不清为什么，《金屋》是我看重的作品，并且，我常常在想起它时想起路遥的《平凡的世界》。两部作品都在改革开放十年间的背景前完成的，后者怀着理想主义的信念，相信生活正在好、会更好，前者却是困惑和疑惧，担忧生活正在坏、会更坏；佩甫看到了“金钱”让人溃败得一塌糊涂，他看不到“人之为人”的存在，看到的只是一群担不起自己命运也认不清自己灵魂的“愚众”，路遥却塑造了一个无数底层青年心里的精神模范式的人物——孙少平，他在贫穷境况中自尊自强，成长为有独立思想和精神的胜者。站在今天看这两部小说，《金屋》无疑更有社会前瞻性，但《平凡的世界》闪耀着个体人格尊严的光芒。《金屋》将写作意义的指向延伸到未来的辽阔时空，在佩甫的创作序列中，它是一部重要的过渡作品。这时的佩甫，一股脑扎进现实的旋涡中，带着先天的距离感，敏感而警觉地辨析着“扁担杨”一丝一毫变化的来由和本质，他用象征性的“金屋”矗立大地的横扫一切预言了时代转型中的迷乱、人心的失衡。“金屋”是大地上突然耸起的时代象征体，是关于大地在物质进程中命运的预言，它以无法抗衡的诱惑与力量搅扰着村庄曾经的宁静与安稳，给村庄带来了前所未有的“变乱和灾难”。《金屋》写得劲儿大气儿足，读来让人心怦怦直跳，有几股发源不同的灵魂的紧张和悲壮相互撞击着左冲右突。佩甫在这里显示出他从社会现象中提炼、归纳典型人物和典型情节的能力，也出现他为表达自我认识而删减形象复杂性、忽略情节发展中不确定因素的做法，但这种去繁就简的硬伤还不明显。在这部长篇小说里，佩甫开始重点思考“人场关系学”和“村场成长课”，这是以后佩甫作为思考核心的“人与土地关系学”的具体组成部分，佩甫的这些思考和后来的认识前呼后应地呈现出不断完善、深化的清晰轨迹。难能可贵的是，佩甫在“众人皆醉我独醒”中焦灼不堪，但他却有客观、宏观的历史眼光，他明白结果是过程的必然，代价亦是必然。他在结尾写道："一位有眼力的村人说：扁担杨村注定要经受这么一个罪孽深重的时期，注定要有人接连不断在那邪光里经受一次又一次痛苦的洗礼。在千百次血与火的冶炼熬煎中，那一声声灵魂的呻吟也许会唤醒扁担杨村那些最优秀的后人。"①同时，他在感情依恋与理性认识中倾向后者，毫不遮掩地直面并揭示了这块土地的残酷与偏狭，在人们生生不息的繁衍中，这个生存场已经形成了自己的习惯和规则，这习惯和规则所具有的强大力量附体在一群人身上，毫无情理地"同化"或"排斥"着异己，成为民族顽固未变的劣点之一。并且，在贫穷中的他们，因为不堪物质狂潮的逼压，更多地暴露出精神贫穷的可怕（四年后，佩甫有意识地以此为基点，进入对欲望之"罪"、人性之"罪"的持续思考与追究）。

这个时期的佩甫，没有导致对乡村的乌托邦虚化，而是导向对乡村事实的更多关注以及由此而来的更多理解、认识和反思。于是，他的土地情感让他痛苦于他的现实发现：年轻人对土地的背叛与逃离，麦玲、小妹、杨如意等向往新生活与挣脱旧生活枷锁的欲望，让他们义无反顾，但得不偿失的代价在佩甫心里砸下沉甸甸的坑窝。

---

① 李佩甫：《二怪的画》，《莽原》1981 年第 2 期。

四

1992年,佩甫写了电视连续剧剧本《颍河故事》,堪称乡土电视剧史上的经典。尽管它的情节和人物是几部中篇小说的合成,但还是消耗了佩甫大量的经验积累和据经验生发想象性细节的能力。佩甫惶恐地感到提笔空空的危机,于是,1993年就成了佩甫的着力寻找突破的调整期。佩甫的突破不是颠覆性的创新,而是在过去的写作经验反刍中寻找以前不注意现在意识到的"小点"进行深掘,在刨土挖坑中收获新一层的经验与发现。佩甫先是写了关于城市生活记忆的《满城荷花》,这个城市人在写了六年多的乡村生活之后,感到没有什么新东西可写,就从记忆中有意捕捉沉淀下来的城市生活经验,并有意使用了他一贯常用的拼贴式写法,想让"家乡的小城"与"姥姥的村庄"一样具有独特地方风情韵致,却因主体情绪的涣散而并不如意。这是生于城市的佩甫灵魂归属上的奇怪之处。1993年是佩甫困惑而艰难的一年,他长久"面壁",既对自己的写作进行了阶段性总结,也对整个中国文学进行了深入思考。在这两相交叉的总结和思考中,他意识到必须建立自己的思想体系和语言体系,必须切入精神深处,写出超越"具象社会学"意义的作品。他仍然视线朝下,面对生活的林林总总，但他努力超越眼前的表象，在成因链条的追索中，将文字意义深化到社会学之上的历史文化、人性终极等层面。他继续尝试写城市，从家乡小城转向身处其中十来年的省城，并延续《金屋》的思索，加大笔力集中写欲望侵入人心后所引发的系列“精神疾病”。但怎么写呢？他渴望在语言、思维、叙述视角等方面有大突破，但不愿另辟蹊径，而是让自己的“魔幻”或者“超现实”的小尝试继续拓展，不再是某个具体意象的“魔幻”——比如《金屋》中生硬插叙的金屋的魔幻色彩，《画匠王》中“蛋儿”破袄处的“小麦芽儿”，《满城荷花》中老徐脸上的“人面桔”，而是想整体尝试，探索一下自己在这种写法和想象上的极限。于是他写了《城市白皮书》，借一个有特殊功能的小女孩的“眼睛”，呈现一系列的关于人灵魂形象的“意象”，并让这些意象成为长篇小说的主体内容。佩甫也受着现代主义(尤其是魔幻现实主义)的诱惑和逼压，心里那股不撞南墙不回头、不信猫不吃生姜的倔强和不服的性格起了作用，他非要尽全力试一试，非要让自己以非现实的“通灵”叙述进入时代生活的本质深层——繁华表象下危机涌动的时代精神深层。这个因病而开了“天眼”的小女孩能穿透皮肉看见人五脏六腑的花花肠子，能穿透建筑物看清别人家发生的种种事情，她发现，人心里都有病，各种各样的。她的眼其实是佩甫看向、透视世道人心的镜头，他将遍布城市各个角落的平凡人的内心抖搂个“小葱拌豆腐——一清二白”，可见他观察之久、归纳之细、沉淀之久，但这部小说最终还是流于现象整合类的病相报告，并且因画蛇添足地用了“魏征叔叔”的视角和叙述作为补充，一下子将意义空间填塞得过满，像城市的景观一样，连物与物之间的空隙也不存在，让人在有意暗示或明示的密集主题指向中透不过气来。佩甫用力过猛，以千斤重写千斤重，灵动不起来。就小说的意义传达效果看，满不如空，露不如藏。值得注意的是，《城市白皮书》里，伴着无法缓释的失望和忧伤，佩甫将人放在“过程”中，将“罪”置于“环境”中，并在这思虑中明确表露了他不甘而焦灼的拯救渴望。而“拯救”将成为他直到现在的精神聚焦点，只是在不同时期的思考中，这“拯救”有着不同的意义重心。

1999年，李佩甫的代表作《羊的门》由华夏出版社出版，在当时引起了轰动。大象有形，佩甫写的是养人的大地千百年中所形成的“意形”，是关于中国人社会生存真相的村庄寓言。相信读过《羊的门》的人，一定会被前边写土地和草的篇章震惊，没有人这样写过，这么新鲜，这么细致，感觉捕捉这么准，平原的气息——混合着泥土味、青草味和人的鼻息，就在眼前、在耳边。《羊的门》是当下生活的寓言，呼天成形象的内涵就是这部书的寓意所在。呼天成熟谙这块土地上的人们，他们草般贱、韧，羊般无主，他们不可能改变自己的命运，他们需要一个有责任感和能力强大的“牧羊人”，既手握皮鞭管理他们的日常，又能领他们到丰沃的草场；他深谙土地文化的内核蕴含着现实规则中的有效主导力量——人情，所以他善于经营人场，善于长线短线地以送“私恩”来编织牢固可靠的人际网，以求关键时刻的“公报”；他高度集权，心底坚硬，不仅规划了村民整齐一致的日常生活模式和思维模式，还保留着封建统治者的“独尊”“极权”；他练“易筋经”，将外圆内方的智慧以不扬之平的韬略深藏，想完成一个“圣者”的自修，但极具讽刺的是，在貌似完成或战胜中，他远离了自身，失去了自身，连基本的生理欲望和能力也丧失了。呼天成不仅属于中原，也属于中国；呼天成不只统领呼家堡，他将关系网成功运作到省市甚至全国，他对大地生存哲学领悟得越准确越深刻，我的悲哀感就越多一层，就越清醒地走近这块土地的滞限——一个民族民主、文明征途上的失败。《羊的门》是典型的双线结构，呼家堡是主线，颍平县是副线，副线印证了主线的实效，是主线辐射全国的外证，暗示着这是一部国家场的生存寓言，呼家堡不仅仅是一个村，它外联着县、省、国，并因其如鱼得水的发展与通达而象征着这村里的生存规则，实质是整个社会规则的外化。读《羊的门》会有种被淹没的感觉，好像水要消失于水中，人要消失于人场中。我于是特别焦急地想在《羊的门》中发现“人”，一个健康、茁壮、完整的个体，我看到成功者呼风唤雨，但其个人性丧失了，失败者俯伏顺应，其个人性也丧失了。“人”哪里去了？剩下一个谢丽娟吗？她也是沾染了“病菌泡”一阵染缸了的。这就是土地蕴含的内核吗？“人”从来没有作为过“人”，作为过“自己”？我深陷在一种连同自己命运在内的悲哀中——土地之子无法逃离、爱恨交织的悲哀。这“现代人”所遭遇的一切是祖辈许多年前曾经遭遇过的，也是后代若干年中仍将遭遇的。我呼吸到了那风中阴魂的气息，在一簇一簇的青草间，在红房青瓦或者高楼大厦间，在川流不息的人海中……在看得见的视野看不见地扩散。

富裕了的呼家堡人为什么在呼天成死的那天晚上学起了狗叫？富裕了的“造假村”村民为什么在蔡花枝被抓走后个个缩回脑袋，甚至任由他的瞎子娘饿死？佩甫逐渐强烈地认识到：物质贫穷对人性的伤害很大，但精神贫穷的伤害更大，物质富足的国人的精神并没有同时进步，反有因物质繁盛而刺激出了更多欲望、欲望将民族精神往更低处拖去的突出社会现象。《羊的门》后，佩甫就着重思考着精神贫穷、如何摆脱精神贫穷的问题。于是，他写了《城的灯》，这是他力求表达精神拯救的意图，但有“病急乱投医”的急切盲目，有终开不出药方的精神无助。佩甫在写作习惯中，表达自我的意志特别强大，致使其表意目的强大于事理逻辑、情理逻辑，因此造成了《城的灯》前后部分的不一致。佩甫在后三分之一处硬是将叙述改向，由实而虚，改向到道德精神在大地上的建构失败上。而原来的构思是刘汉香后来也进入城市，并把那些男人打败，这是他之前写过的“秦香莲”胜利原型，那几个被“陈世美”抛弃、终于还是跟着进了城的农村女人，反而做了生意当了经理。但后来他苦恼了几个月，顺着生活逻辑的这个线不符合他的理想，不合他所赋予的刘汉香独特的“圣母”精神。刘汉香的生命骨血在佩甫的孕育中，已经具有了先天而来的真善美，先天而来的牺牲与悲悯。他最终还是选择了冒险，选择了固执己见。《城的灯》的突出意义在于刘汉香的形象意义，其明显的败处也集中在此。佩甫为求她形象的典范完美，在她身上叠加了太多优点，且不敢让她沾染任何俗世之乐或俗世之浊，最后干脆将她生命的本能需求也禁锢起来。虽然佩甫在扉页引用的仍是《圣经》中的话，但刘汉香却是民间传统道德所升华出的“当代圣女”“当代烈女”，她宽厚善良，将度众生沉沦之心放在弱肩，但不堪重负，最终丧生在风气浸染的年轻人的“恶”手下。我知道刘汉香比呼天成单薄、虚弱很多，但我珍爱刘汉香，她是佩甫的精神理想化身，尽管其构成要素带着源于民间源于过往的陈旧，但他在后面文字中还是像在写一首悲壮的诗歌，关于昂扬与挺拔、纯粹与执着。佩甫想往更虚上写，想从这片土地上升华出一片神性之光，但这片土地的现实气太重了，她最后还是“玉碎”在现实的泥沼。但佩甫最终成全了她，也成全了自己的执意，让她成为大地上的一个“传说”。佩甫以文学价值上的牺牲堆起了一个供人们下跪忏悔的“香姑坟”，点亮了一盏城市化进程中灵魂迷途知返的“灯”。《城的灯》中，点心匣子、烟盒纸做的作业本等过去小说的细节再次出现，暴露出作者生活体验的透支，他对当前农村生活不再熟悉，不再亲切，不再理解。这恐怕也是“50后”作家长期与时代对话式写作所面临的整体困惑与不足。

《生命册》与《城的灯》，时间跨度多达九年。这期间佩甫写了《等等灵魂》，他在电视剧剧本的情节基础上，加入了自己对时代飞速发展的怀疑。他以一个商业帝国的顷刻覆灭为教训，发出“别走太快，等等灵魂”的呼喊。这部书并没有很多佩甫的苦思冥想，是剧本内容的改写之作，在此带过。

《生命册》是耗费佩甫心力最多的一部作品，因为在写《生命册》之前，佩甫似乎就明确了这部书对自己终生写作的意义。于是，他将五十多年的生活经验和三十多年的写作经验都重新在心里盘点，再次在面壁状态中长久反刍，他渴望多方面的突破，而突破对于拘谨而求稳的佩甫来讲是件不易的事情。这部作品，事实上是在反省来路的过程中思考前途，是对社会发展的几十年现象反思，试图在困厄中寻找“让筷子立起来”的方法是对叙述状态和方式的经验反思，试图克服以前写作的明显不足。他写得努力而艰苦，尽力地扬长避短，仍留有的材料重复性使用的缺憾在大的调整和突破面前已瑕不掩瑜。令人印象深刻的变化是，时间的磨砺让佩甫缓解了情绪，面对社会世相更加理性宽和，于是，那常常敛不住的惶急之气几乎不见，叙述从容舒缓，从而尽力避免了《羊的门》《城的灯》的“半部现象”，用长至五年的时间硬是将三十多万字的写作情绪和思索一撑到底。这是佩甫有意做到的，为这点，他甚至把自己的写作情绪和状态再次调整到了“蚂蚱时期”（在题记中，他引用的仍然是二十六年前《红蚂蚱　绿蚂蚱》中的那句泰戈尔的话）。同时，他“取长”延续这么多年攒下的写作经验，过去乡村场的构成人物仍写得鲜活生动，命运感很强。但在这些人物和情节中，那背草捆、编席子、吃百家奶、烟盒纸写作业等重复性内容，仍凸显着一个“外子”凭听闻目睹所得的经验在生发作家想象性细节过程中内源不足的制约。但是，他很注意积累与时俱进的新经验：一方面频繁地下农村走，了解新变化，沉淀新感受，着意弥补 1990 年后农村生活经验匮乏而导致的与时速比的“慢拍”“跑调”现象，一方面积极发掘积攒下的都市生活经验，并保持与周遭变化同步“合拍”，主动炒股，体会人物可能有的心态起伏。他让几十年的城市生活体验也发酵出了一种独特气味，与乡村场的变迁混合一起，显示了中国大地上城乡场已难分彼此，共同经历着时代的急促变迁，这让作者对于社会转型的思索更加深远。一个作家所创造的人物序列里，一定有一个是他自己形象的“孪生”，而《生命册》中的吴志鹏就是佩甫自己，他第一次破天荒地写了距离自己最近的人物。吴志鹏身上叠印了佩甫的经历、思考、性格和情感，他的“有背景”，他的“背着土地行走”，其实就是佩甫在坦陈这么多年来他与土地的关系和这关系的因缘，土地给他的沉重是注定的，给他的成全也是必然的，是土地让他保持清醒，在时代旋涡中得以身入心离、适可进退。佩甫以自身体验塑造这个人物的用心就在于此：精神贫穷的人只有精神富足才能得到拯救，精神富足的表现就是一个人有思想、有认识、知反省、能修正。吴志鹏的形象是对刘汉香形象的延伸、克服与超越。这部小说是佩甫关于农村与城市现状的思考，“二元”已经“一元”，城乡在这个历史点以奇特的组合同质化了。“《生命册》的城市叙事包裹了故乡人的命运，而乡村叙事又演绎了现代性的嘴脸，它们是彼此依存、难以割舍的充满了自身矛盾的整体。”①在这部整体性的城乡叙述中，佩甫的

① 程德培：《李佩甫的“两地书”——评〈生命册〉及其他六部长篇小说》，《当代作家评论》2012年第5期。

新发现和新认识得以充分表达，新困惑和新忧患却在怅惘中难以解决，他只能回归无梁村，在目睹无梁村的“水尽鱼飞”后，试图寻找“让筷子立起来”的方法。他就这样一如既往，在发现后思索，思索后困顿，困惑中寻找，即便自知无望也决不放弃希望。他就这样在不知如何为但定要为的结尾，强化了回归健康人性、理智正面建设良性社会的宏愿。

佩甫对文学怀有神圣之心。莫言获得诺贝尔文学奖的时候，佩甫特别激动，他说：莫言为我们这一代作家的写作画了一个圆满的句号。佩甫内心有和深切的社会责任感一样重的文学使命感。文学对于佩甫的意义，是出口、寄托、追求，几乎是他的整个的世界。他愿意沉溺其中，他甘心摒弃一切享乐与闲暇、烦恼与实务。他希望以委屈、牺牲去维护一个不受干扰的世界。他把他的情感、思想、痛苦都投射到了这个世界。他的文学世界是一句句大地的声音，从遥远处而来，从历史深处而来。佩甫热爱这块土地，他一次次凝视，一次次反刍，一次次形而上地深思。于是，这块土地在他心里发了酵，散发出混杂而强烈的气息，那气息日夜流转在佩甫的血液里，飘散在他的口鼻前，他时而沉醉时而厌恶，时而激动时而愤慨，时而在简白中温暖时而在芜杂中绝望。

每个作家都有自己逃不过的作茧自缚，因为性格，因为经历，因为情感，因为思维。佩甫比较保守、克制，因此局限性明显，导致读者对其重复性细节、类型化人物、社会性总结、单向度推进等方面的阅读倦怠。但佩甫就是这样，当他将目光紧紧地锁在大地上的一切的时候，久久注视的大地就是他的视域，忘记了仰头看看天的高远、星河的灿烂，忘记了闭目任神思自由玄游几番。

情感是写作的灵魂

——对话李佩甫

我总是碰到好人

孔会侠：李老师，您好。首先感谢您接受我这次采访。据我所知，您1953年出生在河南省许昌市的一个大杂院，是这样吗？

李佩甫：我出身于工人家庭，早年生活在小城市里。城市虽小，但那里是历史上曹操建都的“三国故地”，还是有些古风的。我家住在一个大杂院里，那是一个贫民区，五行八作的人都有。老辈人识字的不多，都是百姓。夜里睡着睡着就听见骂声四起，打斗声不断。第二天早上起来，又照常打招呼，这是一个粗暴又温馨的地方。

孔会侠:记得您曾说过,九岁的时候开始读书,读的第一本书是《古丽雅的道路》,农村的表姐到处帮您借书。此后您下乡当了知青,然后去技校学习,还到工厂开车床。早年的读书经历对您产生了什么样的影响?

李佩甫:我们家往上数,三代不识字。小时候家里没有书,记得唯一有字的就是半本皇历,我所有的书都是借的。从小学三年级开始,我就对文字这东西特别喜欢,我的阅读是超常的。那时候我们班有个同学他爸是"右派",清华毕业的大学生,他们家有书,记得我经常是用一块糖或者一块橡皮之类的跟他换书看。那时他从家里偷出书,限制时间,只允许我看三天。白天还要上课,看两个晚上,几十万字的东西,根本看得不细。从同学那里读的书,苏联文学居多。另外,我一个表姐,乡下的,后来她领着我到乡下四处找书,给我找的书大多是古典通俗类的,像《七侠五义》《隋唐演义》《聊斋志异》……都是比较传统的。这些儿时的读物现在已经记不大清楚了,也不重要了,关键是它们给我带来的是一个全新的世界,给我一种感觉,世界上还有这样的生活?! 你在文字中会听到一种声音,闻到一种味道,看到一种你从未见识过的生活,这都是文字给予的。到了我的青年时期就不一样了,我有四个借书证,许昌市图书馆、许昌县图书馆、工人图书馆……阅读量很大,阅读的渴望非常强烈。凡是有字的东西我都喜欢,连《新华字典》都翻过好几遍。我曾经说过，书本是现实生活的“沙盘”。它可以让你看到你从未经历过的各种各样的人生，走进一个个你所不熟悉的生活领域，而后反观自我，达到清洗自己、丰富自己的作用。我运气比较好，后来在工厂开车床，工厂的工会主席对我很好，他把办公室钥匙交给我，说晚上上夜班休息的时候可以去看书，这是唯一的特权。

孔会侠：关于童年生活的回忆，您写得最多、谈得最多的是在蒋马村姥姥家的那些。您有两篇非常重要的中篇小说，都是以这段生活为基础的，一个是写于1985年的《红蚂蚱绿蚂蚱》，一个是写于1990年的《黑蜻蜓》。那段时期您生活在乡村，在乡村的感受和心情跟大杂院相比，有什么不一样吗？这对您后来的创作具有什么意义？

李佩甫：对于我来说，乡村生活是一种记忆生活，也是一种补充。首先是饥饿造成的，60年代初，我八九岁时，总是很饿，那时候为了混三顿饱饭，每个星期六我都要独自一人步行二三十里到姥姥的村庄里去。那时候，一个小孩子在姥姥的村庄里走来走去，不自觉地会有一种外来人的视觉，他打量着村子里的一个个“舅舅”，打量着一个个太阳高悬的日子和无边的田野，品味着光脚蹚在热土里的感觉，那些就成了我后来的写作储备。

孔会侠：1971年您下乡当知青，几个月后就做了知青队队长。这段时期您对农民生活的了解、对农民的认识，相比于童年时期在姥姥家的接触，有什么变化？

李佩甫：我中学毕业下乡当知青，那时候已经大了，那是走向人生的开始。一个年轻人，那时候是响应号召，抱着为国“牺牲”和“献身”的意念走向乡村的。有幻想有意气风发的意味，已经不是为了混饭吃了。那时候全国都在号召“革命”，下乡也是一种“革命行动”，是“时刻准备着，不知道干什么”。当然，对未来是抱有美好愿望的。那时，劳动非常累，但晚上还是要坚持读一些书，对未来有憧憬，对农村生活有了更多了解，但还未完全消化，没有真正开悟。

孔会侠：1978 年 1 月，您在《河南文艺》发表了平生第一个作品——短篇小说《青年建设者》。接着，您很快在第 5 期和第 10 期上发表了《在大干的年月里》《谢谢老师们》。很快地，1979 年您就调到了当时的许昌市文化局。1983 年，您调到了南丁老先生筹办的莽原杂志社任编辑。有人说 1980 年代是当代文学的“黄金时代”，您如何看？那个时代的文人，是如何相处和交流的？另外，这段编辑生涯，对您的创作有什么影响？

李佩甫：我总是碰到好人，所以说我现在是能帮忙的都帮忙。1980 年夏，南丁当上河南省作协副主席，他积极为河南的文学事业和新人的成长做长远谋划。1981 年，他筹办了

《莽原》，又借为《莽原》组稿的名义，办起了河南省文联有史以来的第一期文学讲习班。我参加了这个讲习班，当时学员还有张一弓、刘思谦、杨东明、孙方友、赵富海、南豫见等人，班长是张斌。记得南丁在当时的开班演讲中风趣幽默地说："搭个窝，你们下蛋吧！"我们这个班是在经七路纬五路上交叉口河南省教育学院上课，后来被称为河南文坛的"黄埔一期"。1983年我写过一个叫《蛐蛐》的小说，在《湖北文艺》上发的，后来被《新华文摘》转载了。那时有一个老作家叫徐慎，说你去见见南丁(时任河南省文联主席、负责筹办《莽原》)，说南丁比较喜欢你的文字，你去见见他。我一听是让我见一位我十分敬仰的前辈，也不熟悉，心里发怯，就没好意思去。一次、两次，如是者三。再后来他专门让作家张斌领着我去了，我那时候比较喜欢现代派的文字，坐下来后由于紧张，胡说八道了一通，也不知道说了些什么。没过多久，在文联楼上开会时，南丁先生就递给我一张表，上调表，让我参与筹办大型文学刊物《莽原》，说要把我调过来，到莽原杂志社当编辑。这对我来说是个难得的机会。那时候在省城我没有任何关系，就是几篇小说改变了我的生活轨迹。就这样，1983年我正式调入莽原杂志社，1987年我去做专业作家了。这四年编辑生涯对我太重要了，那时候，一本编辑手册，成了我正规训练的方式，都快翻烂了。我觉得当编辑对我有很大影响。一个是行文的规范，编辑要校对，每个字、标点符号，原来我的标点很不规范。二是看人家的稿子能增加对文字理解的宽度。做编辑很有必要，在做作家之前还是当当编辑，有很大好处。

孔会侠：有没有对自己写作认识的提高？

李佩甫：有，认识提高就是看到了很差的文字、很好的文字，知道之间的差别有多大，区别在哪儿。当编辑要总揽中国文学和世界文学的走向，最高水平是什么，我们刊物质量在哪个水平线上。有时要讨论一些比较好的作品，切磋交流，很有裨益。文字这东西，一个是学习，一个是生命体验。写作写到极致，一是需要生活积累，二是要认识生活，用认识来照亮生活。

写作成了我的生活方式

孔会侠：后来您做编辑时，河南省文联又办了一次讲习班，您又参加了。这两次讲习班的学习，对您日后的写作意义大吗？

李佩甫：80 年代是文学的黄金时期。那时候文学界经常开各种各样的座谈会、办各样的培训班。河南办过两个最重要的培训班，每次时间都长达三个月。这两个班我都参加了。当时只有一个信念：张开所有的毛孔吸收西方的、前人的文学经验。那是中国文学与世界文学接轨的一个时期,那时我们一方面阅读交流,一方面相互谈各自的“构思”……常常是彻夜不眠,读到一本好书异常兴奋。那时候,各种风格流派的作品都是谈论的话题。这是中国作家的补课时段,《百年孤独》《生命中不能承受之轻》《追忆逝水年华》《喧哗与骚动》《尤利西斯》《弗兰德公路》……都是我们讨论的篇目。当时我们都很吃惊,原来小说也可以这样写呀?!但是真正意义上的消化和吸收是需要时间的。尤其是从文本意义上说,我们的时间还远远不够。但是,标尺已经拉起来了,已经接轨了。有了参照系,有了全方位的了解。从某种意义上说,封锁已经打破,中国文学已经插上了翅膀。能不能飞起来,就看各自的造化了。

孔会侠:前段时间看南丁的文集,他有一卷评论集,上面有一篇文章是写您。那是 1987 年,您在《莽原》已经快要提为编辑部副主任了,您去找他谈,说想做专业作家,想要“整块时间”来创作,他“就觉得延误了这位人才的黄金时间,也是罪过,也就未敢不同意”。这段话现在读来,让人很感动。很快您就成了专业作家,第二天就“冒着料峭的寒风回到他插过队的村子里,去寻找感觉,强化情绪”。

李佩甫:那时的领导很纯粹,也有无私奉献的精神。我们这一茬作家对南丁都有感情,他对大家都有成全,他是有恩于我们这一代作家的。他心态非常好，包容宽纳。还有段荃法，对我帮助也挺大，我经常晚上转到他家去聊天。我那时在写作上功利性不强，是被命运推着走的，不经意间就改到这个道上。我庆幸无意间找到了一个特别适合我的活儿，这是上苍的厚爱。这条路不是我自己设计的，我是慢慢无意识地走上了这条文学之路。我们这一代作家确实赶上了好时候，初期社会风气还是正的，不用托人不用找关系，相对单纯些，也不称主席什么的，顶多喊个老师，有时候还直呼其名。

孔会侠：你们这代“50后”，适逢1980年代的文化爆炸，大量吃进了外国文学作品的营养。看你们这代作家的写作，感觉许多小说都有一个“许多年以后”的叙述基调，这是不是意味着限制也是挺大的？

李佩甫：我庆幸的是读书比较多，阅读是大量的。它可以清洗自己，丰富自己。那时我读了大量的外国作品，有好几个作家的作品让我喜欢。比如海明威，简短的句子，他对冰山的写法、概括都是一种启示。比如法国佐拉的小说，对资本主义萌芽时期的描写。包括巴尔扎克、雨果那种对人物的准确描写。还有获得诺贝尔文学奖的略萨，1980年代我就看好他，认为他的作品并不比马尔克斯的差。还有《追忆似水年华》，很难读下去的《尤利西斯》，让我很吃惊，乔伊斯这家伙读了多少书啊，知识宽度多大啊，很多典故都是引用的。阅读让我见识了人类最好的文字的感觉，原来语言行进的方式与思维方式关系极大。文体不是人们认为的“结构”，而是语言行进的方向与方式。为啥用意识流？是要走出旧有的思维模式，创造一种全新的对人类、对社会生活、对生命体验的认知方式。1980年代，中国作家可以说都在拼命学习吸收外来的文学经验。先是学习，然后是“走出”，只有走出后才能创造出本民族的文本。可走出相当困难。每个作家的思维方向跟他的认知水准是分不开的。当时，《百年孤独》真是给人震撼感，我们几乎都受了马尔克斯的影响，很多中国作家在一段时期之内，都会忍不住地用“多年之后”这种表述方式。中国作家要拿出本民族独特的文本还是有难度的，这是一个课题。当年，我们好像已经快捉到那只“鹿”了，“鹿”就在眼前，但是突然社会发生了巨大变化，困住了一代作家。我个人的看法，就亚洲文学来说，中国当代文学并不差，但是比起马尔克斯这样的作家还是有差距的。在文本建设的意义上，中国作家要有所突破是有难度的。莫言得了诺贝尔文学奖，应该说是给我们“50后”作家画了个句号，也算是对“50后”作家努力的一种认可吧。

孔会侠：后来，您保持了终生的阅读习惯，阅读给您带来了什么？

李佩甫：我说过，我的人生得益于阅读。也可以说，是读书改变了我的人生轨迹。你想，我家三代赤贫，父母都不识字。况且我生在工人家庭，童年生活在一个骂声不绝的大杂院里，当年很多同龄的孩子都去捡橘子皮、卖瓜子去了。我却从那个时间段开始，读了大量的书。正是读书让我认识到世界很大，还有各种各样的人生、各种各样的生活方式。从书本中，我认识到什么是高尚、高贵，什么是卑下、低劣，人的命运是怎么一回事……同时，阅读又是一种丰富人生、开阔视野、清洗自己的一种最好方式。当然，这都是需要"悟性"的。当你"悟"到一定的时候，你才真是站到了巨人的肩膀上。

孔会侠：您曾带着欣慰之情说过，"一个人一生能够找到自己愿意做又能做好的事儿，这是最幸运的"，写作于您，就是这样的事情。但是，找到了，能否用一生精力去专注从事，也是很难说的。毕竟，人生路上致人转移、分神的诱惑会时不时冒出来，障在眼前。您是如何做到不去旁顾的？甚至后来您当了作协主席、文联副主席，也没有让您分心、降低自己的创作水准。

李佩甫：是啊，对于我的人生来说，我有幸找到了一支"笔"，我得好好握住它。它对我来说，是一种修行。人生是一种自愉和娱人的过程，这是最重要的。我曾经对人说过，对于我来说，除了这支笔不能丢掉，其他的一切都可以放掉。

孔会侠：去年（2015 年）九月，您的《生命册》获得了"茅盾文学奖"，也算是文学对您心无旁骛、勤耕一生的报偿吧？现在返回头去看看，您的生命“来路”越来越清晰，有没有感觉一路上的许多际遇，现在看来都为后来的写作打下基础，成为您文学世界可以追溯的种种“前因”？回头看来，您有何感想？

李佩甫：我写作已经有三十八年时间了。在某种意义上说，写作已经成了我的一种生活方式。不管得不得奖，我都是要写的。这是我的日子。我最开始并不是为了获奖、出名而写作的。我是真心热爱文学，阴差阳错地走上了一条最适合我的人生道路。文学对我影响太大了，我正是在文字里找到了人生的方向和感觉。

孔会侠：获得“茅盾文学奖”后，您的生活和心情有什么变化吗？

李佩甫：应该说，获奖后，对一个阶段的生活多少是有一些影响的，也不过是采访多了些，但影响不大。对于我这个写作生涯已长达三十八年的人来说，写作已成为我的一种生活方式。无论能不能获奖，都是要写的。就心情来讲，有意无意地，相对松弛了些。

中原文化是中华文明的根部

孔会侠：自从您将豫中平原这块“绵羊地”作为自己文学耕耘的领域，这片大地以及大地上的人们，就成了您至为关怀的叙述对象。就地理形态和位置而言，您觉得这块土地具有什么样的特征？

李佩甫：我是从《李氏家族》开始，对这块土地一次一次地再认识，不断地发现新东西，不断地扩而大之，我是通过很多年的努力才找到“平原”的。平原是我的故乡，也是我的“写作领地”。当然，从写作的意义上说，我笔下的“平原”已不是原有意义上的平原，它是一种反复思考后再现的过程。就具象来说，这是一块热土，一马平川、四季分明，可以说是插根棍子就可以发芽的地方。中国的四条大河三条流经中原。当年历史上这是一块最好的地方，但是由于历年战乱，中原不断地被侵扰、占领，“逐鹿中原”就是最好的注解。政治文化对它的破坏、摧残，使它成为相对落后、不好的地方。其实当年这里是好地方，不然唐、宋不会都在这里建都，包括河洛文化、殷商文化等都在河南。整个中原你会发现很多优点，比如说郑州它虽然又乱又脏，但它是“中国十大最平安的地方”。没有地震，黄河泛滥也从来没有淹过郑州，都是从中牟往下走了。后来一次一次的破坏造成了这样的局面，我对这块土地有一种很复杂的情绪。

孔会侠：在中国文明史上，河南这块古老的土地是整个民族的文化根部所在，这是这块土地曾经的辉煌。但此后，这块土地的文化就没落下去了，您认为是什么原因呢？

李佩甫：不能说是“没落”，“没落”二字不能完全概括这个地域。从大时间的概念上来说，盛衰都是有周期的。“野火烧不尽，春风吹又生”是这里的生存写照，也是生存底线。这里的生命状态是“败中求生、小中求活”，这是历史原因造成的。但中原文化一直是中华文明的根部，它的包容性是世界上独一无二的。比如，在这个世界上，犹太民族是最难被同化的。可在河南的开封，宋代逃到开封的一支犹太人民族，就完完全全地汉化了。

孔会侠：您经常阅读地方志吗？许多河南人，在说起家族来历的时候，都从“山西省洪洞县大槐树”下开始，就像您在《李氏家族》中写的那样。河南，这个您说“插根筷子就能发芽”的地方，反而是荒无人烟，要靠大量移民来定居到各个县乡，为什么呢？

李佩甫：我经常看地方志，凡是能找到的我都认真地看。五千年的文明史，同时可能是五千年的锁链。看地方志时我发现，许多河南人的家谱上溯点确实是山西省洪洞县大槐树底下，时间是明朝。元朝末年的战争、干旱、蝗灾、瘟疫，使中原大地尸体遍野、几无人烟。没办法，明朝时，从洪武二年（1369年）到永乐五年（1407年），中央政府组织山西人移垦河南。我们这个民族，经历了许多苦难，中原文化它有个最下线，人们能够活下来有个底板，就是比较昂扬的四个字：生生不息。

孔会侠：那么，非常务实的中原人的精神世界，还有没有理想主义的栖身？

李佩甫：平原也有理想化的东西。比如一个地方有一个桥，本来没有这个桥，但是它有一景——高桥揽月。这个桥多高不知道，但与此相关有个民间故事，借此你可以看到平原人的想象，可以感受到平原人想象力的高度。一个小孩爬到桥上掏鸟蛋，但是没拿好，鸟蛋开始往下掉。这桥有多高？落地之前鸟蛋就开始孵化并完成破壳而飞。由此可见平原的想象力是极致的，也就是说这块土地上它还有一种想象力的高度。

孔会侠：您的作品我在心里默读的时候，用河南土话和用普通话的语调，味道很不一样。您文字里面很多方言，通过语言的奥秘，进入对地域性生存态度、生存哲学的探究。我觉得非常有意思的是，人们一方面内里有一股特别昂扬或渴望昂扬的东西，一方面在现实生活中又显得特别小，为什么呢？

李佩甫：方言能体现出特定地域的生存哲学，是历史留在人生命中的生动记忆，与对历史的传承、对苦难的深刻认识都是有关系的。“败中求生、小中求活”，这跟所处的地理环境、地理位置是有很大关系的。土地在自然界一代一代的传承，杀戮里的一代一代的政治变化对人无形囚禁。中原人有着天然的警惕性，这块土地连年被铁蹄践踏的，草是一节一节地被割过后再生的一种状态。

孔会侠：平原上的村庄，几乎一模一样。平原人的脸庞，几乎一模一样。就连那远道逃难到开封的犹太人，现在也多“泯然众人”了。中国社会的“同化作用”太大了，您认为这其中的原因是什么呢？

李佩甫：山里人靠山吃山，水边的人靠水吃水。但在平原，单个人、一颗脑袋是支不起天的。人走出来的时候，就会有无限的恐惧。天太大了，人很渺小，这里人的“屋”的意识尤其强烈，首先是盖一个屋，“藏”，把自己藏起来，尔后才是一个“活”字。“芸芸众生”被用来描写平原人是最准确的。把自己“芸”在众里，好像就有了安全感。同质化是这里的生存哲学。听听，这里的民间絮语是“露头椽子先糟”。

孔会侠：大地上生长出的植物，都带有土壤元素的影响。而作家也是大地上的植物，受养于大地，会不会也受限于大地的作用呢？就您看来，河南作家与其他地区的作家相比，有什么不同特征？

李佩甫：河南作家应该说是最接地气的。这里有一个最普通的道理，种什么收什么。河南人没浪漫主义，或者说极少有浪漫主义。河南人浪漫主义的想象极致就是“高桥揽月”，比不得庄子的“扶摇直上九万里”。这是想象力的极限，我们是有限制的。我们只能往下走，走近土地，往上走是走不过人家的。但你热爱文学就好好写，可以将自己的水平发挥到极致，做到什么程度就是什么程度。别人的路是别人的，自己的路是自己的，但是你不要拿自己的路跟别人的路作比较。每个人都有自己的路，在自己的领域里耕耘，做到怎样就是怎样。你最熟悉的东西就是你的，别人夺不走。不要去别人的领域争，否则会很苦。写作是一个非常苦的差事，中间某一段苦可以，如果终身苦是受不了的。你必须在文字中产生自己的思想和快乐，这很重要。

孔会侠：很奇怪，再次读您的《羊的门》的开篇第一章，脑海里突然浮现出《诗经》的音律，而且盘旋不去。中原大地是曾经诞生《诗经》的地方，但《诗经》已经沉寂很久了，是什么让它流失在了历史长河？

李佩甫：从历史上看，是“杀气”。杀气泯灭了浪漫主义情怀。历年战乱，民不聊生，《诗经》被弥漫的血气冲走了。

我们必须有灯

孔会侠：1984 年，您在第 4 期的《奔流》上发表了一篇小说《森林》，当时您在《创作谈》中这样写道：“我只是想描摹出三条有血性的硬汉子，三个在荒凉的山梁上创造着未来的拓荒者的内在情绪。”感觉从这个时候起，您就开始探索环境遭遇与人的精神世界的生成关系了。此后您小说中的许多人物,比如山根、杨如意、李金魁、冯家昌等,可以看作这三个农村青年形象的延续。1984年,您感到了什么?怎么想到去聚焦"年轻一代"的"内在情绪"了呢?

李佩甫:改革开放初期,我有一种很强烈的"唤醒意识",这与时代是同步的。改革开放,一地虫儿开始鸣叫,多好!于是就想唤醒这个民族有血性的东西。当时思考不是很成熟,朦朦胧胧的,有一种意识吧。

孔会侠:1987年,您在《莽原》第2期上发表了一篇纪实小说《女犯》,当时您去监狱做调查采访,感受如何?我注意到,在分开叙述各个人物时,您很注意生活经历中的种种人事对这些年轻女孩子造成的心性畸变和伤害,是不是那时您就开始关注对人心之病的探究了?您说"心理健康是最重要的健康",在您看来,健康的心理或精神是什么样的?

李佩甫:是的,我采访过一个女犯劳教所,那里关着许多女孩子。我在一个监管大队长的陪同下,与许多女子谈过话,重点让她们讲各自的经历。由此我发现,一个人的童年是至关重要的,一个人的童年会决定她的一生走向。谈话后我得出了一个共同的结论:这些女子大多都有一个不幸的童年。就像是一粒种子,从幼芽开始,它就染上病了。这个病因潜伏在她们的身体里,到了一定的时候,它是一定会发作的。所以，心理健康是最重要的健康。心理疾病可以说是无药可救的。如果说治疗的话，唯一的方法就是读好书，读有品质的书，读能清洗病菌、扶助人们心理健康的书，不是一般的说教。

孔会侠：1989 年，您发表了第二部长篇小说《金屋》，给我印象深刻的是杨如意的成长史，他是一个“带肚儿”，在全村人“天生敌意”的欺侮中长大。还有《豌豆开花》中的王小丢，《乡村蒙太奇——一九九二》中的月琴……他们眼睛里都早早生出了“黑气”或“黑蚂蚁”。个人的世界观、价值观就在遭遇的人事中渐渐定形，他们就这样在心头种下了“恶”，您很注重挖掘生存环境对人的精神塑造，当时您是否会有些无奈、悲观？

李佩甫：从某种意义上说，仇恨也是一种营养液，或者叫作滋养源，尤其是对童年里倍受欺辱的孩子。有时候，仇恨会产生巨大的动力，它给人的力量不亚于万吨水压机。给予永远是高高在上的，索取是卑下的。实际上，没有人愿意索取，谁不想高贵呀？问题是你能给什么。现在有一个新名词，叫“暗物质”。有时候，仇恨是看不见的，它也是一种“暗物质”，作用极大。这是一种较为普遍的社会精神病相。写他们，也是期望能得到全社会的关注，期望着有一种疗救的可能。

孔会侠：作家的写作也是随着自我思想认识的变化而变化的，有时候感觉您的小说排放在一起，就像一级级向上的台阶，前面是后面的铺垫，后面是前面的升华。到了 1994 年，您超越出了"环境—人"的具象关系，思考切入了整个社会的精神生态。您和鲁枢元老师有一个对话，叫《关于文学与精神生态的对话》，您还记得吗？当时情景是怎样的？

李佩甫：还有印象，当时是在我家，我们谈得挺好，还是向阳做的记录。在精神生态方面，我一直期望着能种植一种声音，能对病态人生有一种疗救的可能。在一个多元化时期里，由于欲望的释放，人的病相是集中暴发的，而疗救的可能性又如此微弱。中国人可以说已经到了精神疾病的高发期，这都是眼看得见的。我曾经说过，贫穷对人的戗害超过了金钱对人的腐蚀，但贫穷的病因又是因金钱的腐蚀而发作的。这一点我们必须认识到。所以，物欲横流的时代也就成了精神疾病的高发期了。

孔会侠：1995年，写作《城市白皮书》时，您以不可遏制、绝不宽容的笔调，对社会人心的种种病态用力扫射。好多种心理疾病啊，放眼望去，周围是形形色色的一个个"菌人"。当时您出于什么样的想法，急切而激愤地写了这本书？

李佩甫：在《城市白皮书》里，我集中写了各种各样的城市病相。我通过一个长在树叶上的小女孩眼睛，当然，这女孩的视角也是病态的，她所看到的，在钢筋水泥铸就的鸽子笼似的城市里，开始出现了各种病人，比如"塑料人""水泥人""钢笔人""半心人""口号人""乙肝人"……在城市的挤压下，这是一部城市病相报告。只可惜这本书出得早了，当时并未引起注意。不过，当年它还是获了人民文学出版社两年一度的优秀长篇小说奖。

孔会侠：1999年您写了《羊的门》。这部小说阅读的时候，我感觉寓意很深。我常常陷入悲哀，尤其是结尾“呼家堡传出一片震耳欲聋的狗咬声”，这个结尾是最初就不由自主写出来的吗？

李佩甫：写《羊的门》时，最吃力的就是这个结尾。前边写得很顺，可以说是一蹴而就。就这个结尾，我修改了八次。每一次都不满意，直到找到这个“狗咬”。当时，我也不是有意写什么“奴性”，只是想要这部作品的完整性。要把结尾提到与整部作品相当的一个高度。况且也不仅仅是奴性，其中有让人感觉温馨的部分，还有在这个特定的环境中，与根部密切关联的群体生命的悲凉。

孔会侠：2003年的《城的灯》是您思想的又一个节点，您想写写救赎。这部小说的前半部很实，后半部很虚，您逐渐“神化”了刘汉香，直至把她写成了中原上的一个“现代传说”。当时您是怎么想的？

李佩甫：这部作品是写“灯”的。我认为对一个民族来说，是需要“灯”的。况且，在历史的长河中，我们这个民族一直是有“灯”的，在每一个节点上，都会看到亮光。由此来说，我们这个民族,不论前景如何,一直是有“标尺”的。我们当然知道上线在哪里,古人语:虽不能至,心向往之。就是这个意思。在任何一个时代,在最危难的时刻,都会跳出一两个血分子,它的搅动就成了一个民族一次次生生不息的动力。从这个意义上说,我认为希望是大于失望的。

孔会侠:《生命册》是您写得最努力的一部书了,您努力突破原有认识、努力调整叙述心态、努力避开人物和情节上的重复。时隔一二十年,继续在大地上行走,心里是不是依旧沉甸甸的?无梁村的人们仍旧那样,并不健康、丰实。但是您再看待这些、叙述这些的时候,主体心态发生了很大变化,为什么?

李佩甫:写《生命册》我动用了五十年的储备。我写人与土地的关系,写土壤与植物和人的关系,这部作品可以说是一个总结。土壤在破坏中改良,又在改良中破坏,不能单一地用好与坏的标准衡量。我说过,过程是不可超越的。我们仍然行进在过程之中。历史地看,每一次前进都是后退,而每一次后退都很难说不是进步。我们再一次地认识自己,认识生养我们的土地,看一看我们走过的路,也许我们会走得更好一些。

孔会侠:追溯历史,立足当下,写给未来,我感到这是您文字世界的主动担负。十八年前您希望自己的文字是“达成精神空间的渡桥或者阶梯”;十八年后,在《文学的标尺》中,您认定文学是“国民精神生活的标尺”，为什么这么强调？

李佩甫：这跟写作观念有关。我一直认为，好的文学作品是一个民族的精神标尺，它是导向，我们必须有灯。

情感是写作的灵魂

孔会侠：写了几十年，您觉得写作中最重要的一点是什么？

李佩甫：情感是写作的灵魂，作家情感的真诚度对作品质量有很大影响。作家写到一定程度，很多东西会看得很清楚，藏是藏不住的，一点小心机在文字里是很容易被内行人一眼看出的。文字是骗不了人的，初写不显，即使编造也可以蒙混过关，但一旦进入文学深处你就无处可藏。你的心性、你的小伎俩会在文字中一览无余，不能有偷工减料的心理，文字这东西一旦下去就很难再上来。要咬住、坚持住，每次写作我都要重新开始。文学不是可以经营的。尽管文学场有了些变化，商业、政治的某些东西对文学场有污染，但真正意义上的文学仍然是相对纯粹的。谁也掌控不了这个世界，在大时间的概念中，一切计算都是不起作用的。

孔会侠：您经常强调“找到自己的领地”，但你们那代作家基本上是把以家乡为中心的地域作为自己的领地，而现在的作家已经几乎没有这种可能。那么,划分“自己的领地”还是必要的事情吗?有没有什么变化?

李佩甫:每个作家都有自己最熟悉的领域,不管是何种领域,哪怕是只写一个人的内心,只要是你最熟悉的,都可以左右逢源,得心应手。反之,你会捉襟见肘,寸步难行。

孔会侠:尽管你们这代作家完整经历了新中国成立以来的各个阶段,生活经验很丰富,但也有经验透支的时候吧?这种情况下要怎么办呢?

李佩甫:有。有时一部长篇就透支完了。要自动下去搜集一些新的生活体验,转转走走,会有些新信息进入,认识也在不断变化中。我是不断地阅读这块土地,不断阅读、回视,每次都有新的发现。而且,每个生命状态都不是一成不变的。社会在变,人也在变,认识也会发生变化的。

孔会侠:可有时候作品里还会有一些重复性细节。

李佩甫:就是害怕重复,最惧怕的就是文字的重复、感觉的重复。比如说《生命册》,我就花了很大劲儿去避开重复,但是有个别细节稍不注意就滑过去了。因为在记忆中,思考会固化,走出是很难的。所以,敢称之为创作的,每一次都应该是重新开始。

孔会侠:您写作进入状态时应该是情绪化的吧?我总觉得您是写着写着,那股劲儿就出来了。

李佩甫：我有时坐那儿十天半月一月写出来的全都撕掉，没有情绪，没有感觉，想得很好却不能写。很奇怪，有时情绪很好却没法写，有时不需要构思就能写出东西，几乎就没有设计。尤其是《城市白皮书》，没有构思就开始写了，就是靠情绪，甚至没有搭架子，写着写着架子就出来了。甚至，里面的人物也是写着写着自己就跳出来了，慢慢地，他自己成了一个主要人物。但更多的时候，我会一直积累很长时间，把脑海中能聚集的东西不断聚集到一定程度，直到把一个人物的发展主线琢磨得清清楚楚。最重要的是第一句话，因为第一句话对我来说是一锤定音的，对通篇的走向、语言的基调起着至关重要的作用，领导着作品往哪个方向前进。

孔会侠：写作跟个性也有关系，您个性中偏被动和拘谨的一面，对您的创作有限制吗？

李佩甫：还是有限制的。不过，限制不限制也无所谓了，摆脱不了。我的一辈子已经这样了。你们年轻，还好，所以你们要好好走，做一件事就好好做，在自己的领域内，在自己愿意做喜欢做的领域内，做自己可以做的并做到最好，这样就会很快乐。文字创作还需要浓缩、提炼、浸泡，就跟发豆芽一样。你要清楚，想当一个好的作家必须要有自己的领域并对这个领域研究透彻。你们比我们强，我们一开始什么都不知道，是摸着走的。你们现在都知道自己能在哪个领域走，可以走到什么程度。所以说站在巨人肩膀上就是这样，可以少走很多弯路。

孔会侠：1999 年，在河南新乡，我们省第一次开以“中原突破”为主题的长篇小说研讨会；2011 年，我们又在郑州召开了规模挺大的“坚守与突破——中原作家群论坛”。这也反映出一个问题：河南文学的发展进入一个迟滞期，大家都明白创新很重要，但实现创新却很困难。如何实现创新呢？

李佩甫：现在是多元化时期，甚至可以说是一个生活比文学更丰富的时期，也是一个全民写作时期，谁都可以在网上发表自己的阅历、见解、生活体验，文字多得已经泛滥了。但真正意义上的文学是有标尺的，不是一般意义上的倾吐，当然倾吐也是必要的。文学的标尺是民族精神的上线，也是民族自我认知的上线。那是考量民族智慧、民族情感、民族想象力极限的表达。在这个意义上，对于河南文学来说，“坚守”和“创新”仍然非常重要。在写作中，语言、思想、结构，任何一个方面能实现创新都很好，但确实有难度。现在，作家跟生活中的痛苦的距离有些遥远，生活素材是基本来源于网络的二手经验，不是生命体验感受的再认识。认识很重要。作家的姿态要低，也许才能冲得很高。

孔会侠：您是一个比较低调的人，很少见您接受采访。很多读者知道您的作品，但是对您的生活却了解较少。可以谈谈您现在的生活吗?

李佩甫:我年已花甲,也算是风轻云淡,过的是一种家常的百姓日子。跟所有的人一样。年轻的时候,文学对于我来说,是一种精神追求,现在成了我日常生活的一部分。

孔会侠:谢谢您向我们敞开心扉,聊了这么多。最后两个话题,现在您正在写的是什么?对于未来,您有何打算?

李佩甫:我说过,“平原”是我的写作方向,我仍是在“平原”上耕耘。我也一直在写“土地与植物”的关系,我会一直写下去。

就这样，做次过客？

——读李佩甫的《平原客》有感

综观李佩甫的小说，尽管常有基本主题、基本人物谱系、基本叙述结构的重复，有时甚至有相同细节在不同小说中反复出现，但每次阅读，都能感受到他对中原大地和生活在这里的人们一以贯之的、真诚炽热的情感。他以多情对大地和大地上的万物，于是他累积了对大地万物这样那样的厚厚的“疼”：曾经的池塘一片干涸，他疼；一张苍老多戚的脸从身边经过，他疼；一段乡人无靠无依的故事进入耳朵，他疼……他在《生命册》里写：“树疼吗？我替它疼。”这些“疼”，化为了他文字世界里最感染人的魂魄。

写《平原客》时，他心里一定也有难以抚平的唏嘘与疼痛吧？《平原客》是有原型的，原型就是2005年河南省副省长吕德彬的雇凶杀妻案。吕德彬的老家是河南省许昌市鄢陵县，与李佩甫算是老乡。时隔十来年后写他，李佩甫想追问的是命运。命运莫测，何以至此呢？

小说中的李德林与案件中的吕德彬，人生经历基本类似。李德林是梅陵人氏，留美归来的博士，国家首席小麦专家，农业部专家组顾问，先是担任农科大副校长，后来升任主管农业的副省长。可是，他的婚姻却将他一步步逼到了人生的死角。他的前妻是农科大的老师罗秋旖，城市生活的背景和习惯让她与李德林生活习惯邋遢的农村父亲难以共处，与李德林的老乡们隔阂很深。每一次因父亲或老乡闹矛盾，李德林都以“投降”来换取家庭和平，可每一次“投降”都是一次伤害与疏离。不久，两人离了婚。孝顺的李德林托学生刘金鼎（后来成了副市长）找了个农村姑娘徐亚男做保姆来照看父亲，姑娘对老父亲伺候周到，做老家的家常饭得心应手，让李德林感到从未有过的亲和、温馨，他索性将保姆变成了妻子。可是，成为妻子后的徐亚男一下子夫荣妻贵，农村背景的她没有与新身份相适应的教养和能力，很快变得蛮不讲理、偏激、颐指气使、动辄撒泼，甚至因为李德林的出轨而时常殴打、审讯、威胁他，这让李德林后悔、难堪、苦闷，还有无法解脱的绝望。终于，他和刘金鼎密议并实施了雇凶杀人，可惜，很快就被中原神探——绰号“刀片”的赫连东山侦破。很快，李德林和刘金鼎，还有所雇二凶，被执行死刑。

他在哪里走错了路呢？李佩甫在小说中感叹：“如果他知

道他的未来就是一个杀人犯的话，他就犯不着远涉万里，去美国读博士了。杀人还用苦读么？但现在说什么都晚了。”他如果没有当副省长，而是一直做个小麦研究专家，会怎样呢？人生到终点，他才深深读懂了自己的心意，他“最喜欢一个人坐在麦地边上，点上一支烟，默默地坐着，倘或说这是在与小麦对话。那是一种心碰心的、无语的交流。是呀，坐在麦地边的田埂上，脱掉一只鞋(他喜欢穿布鞋)，把鞋垫在屁股下，光出一只脚丫，用脚趾去蹭田埂上的热土，闻着小麦或青涩，或甜熟的香气，就那么默默地坐着……这是他人生最惬意的时刻”。

可人生之路怎么走，好像由不了他。不知道“是谁有这么大的力量，一下子就把他套住了”。当一段世间的故事尘埃落定，当一个生命的背影渐行渐远，那命运之河从发端处流淌而来，行走一路的曲折蜿蜒就格外醒目。站在小说文字的边沿看李德林、徐亚男、刘金鼎、谢之长、赫连东山等众多人物命运的河道，我们发现：原来，人不是自己长成了这样，是被赋予成了这样；我们的生活，也不是自己过成了这样，而是被安排成了这样。而这一切，不知何时悄悄开始，不知何时悄悄变化，“麦子黄的时候是没有声音的。头发白的时候也没有……”

这样看，李德林、徐亚男、刘金鼎、谢之长、赫连东山等，终其一生像什么呢？中原大地上的匆匆过客吗？“在平原，‘客’

是一种尊称。上至僚谋、术士、东床、西席；下至亲朋、好友以至于走街卖浆之流，进了门统称为'客'。是啊，人海茫茫，车流滚滚，谁又不是'客'呢？"寒来暑往，春夏秋冬，坦阔而广袤的中原大地默默地养育着来到她怀抱里的数不清的生命，每一天每一秒都有来的也都有去的。

生命就是这样吧？来世上一遭，做一次过客。"那只蝴蝶，卧在铁轨上的蝴蝶，它醒了么？说实话，我不知道。"人如万物，也如蝴蝶，出生就卧上铁轨，会向什么方向飞，会有什么危险，会在哪里终止？自己不知道。

以前，李佩甫写小说，常常以积攒多时的情绪为叙述驱动力，他不自觉地会在字里行间发大力、飙狠劲儿，不自觉地就让强烈的表意需要拘禁了人物的自我伸展。可是，写作《生命册》时，在大主题、大结构与过去保持一致的情况下，他还是尽可能地让自己去贴合人物，贴合他们的处境、性格、心理，贴合他们人生的河，并顺流而下，尽可能让他们呈现自身的丰富性。因此，阅读《生命册》的时候，除社会性、时代性的大变迁外，"命运感"也不时在心头浮起。这是他本着自己观察思考的变化、为写作突破有意做的调整，这种调整在大主题、大结构不变的情况下进行，看似不醒目，但事实上，这是他写作过程中发生的大转变，他将这转变延续到了《中原客》，并将持续性地影响以后的写作。

因此，将《中原客》置于李佩甫的创作序列里，这小说才可能显示出不一样的意义。

或许，《中原客》会是一个分界，是为结束，是为开始。

借着这样特殊而典型的素材，《中原客》明明就是在探讨人的命运：人的出生和命运，人的性格和命运，人的遭逢和命运……那些过往小说中的社会性、时代性主题已经在文本里退为其次了，但李佩甫还想抱持着，以增大小说的思想内涵，他甚至还想延续以往的主题表达，再增加一点新的砖瓦以衬托高度。他说："我写的是一个特定地域的精神生态，也可以说是一部'人民批判书'。""从某种意义上说，腐烂是从底部最先开始的，可以说是全民性的。"可被他解放了的大部分人物，更多的想诉说的却并非这些。这是一个讯号，他开始进入新认识、新状态下的写作，已经不是旧思想体系可以装得下的了。说实话，我真的怀疑：植物与土壤的生成关系，已经被他发挥到了自己的极致，再往下挖掘，又能出哪些新呢？在新态势下，反倒不如索性大幅度地转变，清空原来常用的经验，把过去的思维也换个方向，看看会出现什么。

近几年来，李佩甫心态放松了许多，他常念叨着要到处走走看看，写些随笔啥的，那会是怎样的文字呢？想想，心里就充满期待。

第三辑

张宇：面对南极检讨

张宇是一个很好玩儿的人。

这个“好”可以读成第三声，指他的性格。他能把自己当别人来嬉笑嘲骂，比如他常在饭桌上宣称自己是“三老”——“老不正经老不要脸老不死”，自己说自己这么狠，别人还能有话语表达空间吗？比如他说自己去体检，医生发现他左脑右脑的血管是不通的，医生吃惊不已说还没发现过如此奇特的病例！他讲自己这事儿时俨然像讲一个别人的演义，眉飞色舞，滔滔不绝，时而高声疑问设悬念，时而有力惊叹揭实底。我与大家一起欢声笑语，心里却不由生出佩服：老张活得洒，能洒，能洒得开，就在于他能做自己的旁观者，有时距离还挺大，大得足以放自己一马两马。

这个“好”还可以读成四声，这时指的就是他的兴趣了。张宇爱好广泛，好奇心足，什么都不拒绝，什么都愿尝试，有时领域跨界很大他也能很快入进去，并找到门道，发现乐子。大多时候，他像是属猴的，试试就试试，试过知道就好了，并不保持多些的关注与深入。可有一个爱好却被他保持了几十年——种盆景，他会起早贪黑去等一个好树根，会持之以恒天天浇水剪裁，会比看美女还温柔地盯看，每当夕阳西下，黄色的余光或红色的残霞照到他家阳台的时候，他沉浸的样子让人怀疑——简直是痴情，不对，就是痴情了。

这些年，张宇文字写得不多。可是说实话，我还会时不时怀念张宇曾经的文字。或者确切说，我很怀念张宇曾经的文字精神：就一个不服！就是敢想敢写，敢藏着刺头写，还能艺术地裹掖进去！我怀念张宇以饱满的叛逆情绪、揶揄精神进入的逆行写作，那时候，他以气行文，情绪激昂，使得作品张力大、思辨性强，他以强大的自信精心设置小说的“壳”，是一个聪明人以胜者或必胜的心态在写作。在《活鬼》《没有孤独》《自杀叙述》《乡村情感》《疼痛与抚摸》等小说中，一方面，他张扬了被社会政治力量、群体力量抛到败处的小人物身上扬眉拗头的坚决不屈，另一方面，又以最终的事实显出悲怜，那悬殊力量的不可比终使孙悟空难逃如来佛的手掌心，剩下徒蹦跶的命运悲壮。

侯七生就不周正，以活命为大，于是，他主动把人样活成鬼样，发动机灵脑细胞，使出以自贱为主的表演手段，堂而皇之地获取了物质上的真胜利。但他真就胜了吗？他可能胜吗？鲁杰是个闭着眼睛活精神的知识分子，他在“文革”的漫长折磨中，以出离现实的玄思这一“特别工作状态”作为他自守并对抗苦难时间的盾牌，结果，坐牢、批斗没能战胜他，可他凭超乎寻常的意念所持守的，反过来也没能战胜那个笼罩头顶的时代。与那个时代嵌进历史一样，鲁杰的生命连同附着其上的天才科学能力和纯粹科学精神，是随岁月一起衰去，逢春暖花开也再不能抽枝发芽。还有张树生，张老大，水月……

个体力量就这样在力求超越中不断消耗着，张宇很明白。于是，他强调生命态度的意义、生命意志的意义，但几乎同步地，他开始了意义消解。不是吗？就在你还处于没绕出来的体验状态中时，他已经抽身而出，甚至扬长而去，在另一套笔墨中眯着双眼憋着坏笑，轻轻松松去炫世故耍幽默装洒脱去了。那些基本写于相同时段的《国公墓》《晒太阳》《阑尾》《城市逍遥》等，就是如此。他不想在难究的精神层面上苦苦追索，他不想劳心费力地保持紧张状态，耽误多少人间美事！干吗呢？有必要吗？于是，在生活因缘流转的助力下，张宇的叙述激情减退了，他开始随顺，即便是在《城市垃圾》中，他以农村人的自尊对抗并嘲讽着城市，但语调已是看透世相后的疲惫与接受。

他心里的劲儿暗中泄了些，他在与外在和内在的紧张关系中觉出乏味，他想，还是“与自己和平共处”舒服些。要不就掉转人生的方向，从文学的道上拐到其他路看看吧，换种活法，在市场大潮中翩然“表演”，“无论魏晋”。

心态一旦松弛下来，再绷紧就不容易了。在相对松弛犹如写着玩儿的心态下，他写了《软弱》《表演爱情》等。

盯着作品中人物仔细看，挺有趣，盯着人物的母体——作家看，更是有趣。人哪，有时候自己是自己的成全，悠然坐享着上天赐予的才华和福分；有时候自己是自己的局限，艰苦挣扎在上天赐予的另一面中。

如今，张宇已经年过六十了，经历了很多事，思考了很多事。于是，他的写作有意识地“返青”，《对不起，南极》就是如此。文本中，他慢下来陷入静思，在静思中以平静的语调进行着难以平静的反思与检讨。先检讨自己，这一生，都干了什么？再检讨我们的国民生活，真真琐碎繁杂，铁杵也把你磨成针！咱这棵石榴树上结了很多半熟的樱桃货，咋回事？风不调雨不顺吗？哦，还是根部土壤有问题！根部土壤有什么问题呢？说不清，不能说，那就且看沿途人家树上的果子吧，两相比较着好好看看吧！最后检讨人类行为，在极地才更清醒地认识到身陷绝境了！人这物种嘴太大，四方吃空了！上吃天上的，下吃地里的，左吃走兽，右吃水游，最后挺个庞大的肚子，在消化不良中承受匮乏的饥饿痛苦，已到了跟恐龙危机一样的濒死状态。

读着张宇的《对不起，南极》，我感受到了这个嘴巴很硬的人的那点心里软、肠内热。整个作品，开头就点出要去南极，一路絮絮叨叨，行文过半了还没见着南极的影子，为什么呢？是在虚晃，还是在注水？仔细想想，都不是，在若有所思中我感觉这部作品其实写得很纯粹，一气贯通，一路检讨，从未游移。他的写作重点原来不是与南极直接面对面，而是将南极作为从始至终的参悟背景，或者说一直在拿那一片冰天雪地做镜子呢，在扒开来照呢，照照自己的德行，照照我们中国人的生活，照照人类发展的肿瘤。于是，就在絮叨中解剖起自己，解剖起我们的生活，解剖起工业革命后的恶性“进化”。谁能经得起长久自照呢？照着照着，张宇照见了自己的真容，这么多年还真攒下不少污垢，身上皮肤恁白，这脸生生被自己不爱惜不保护，弄黑了！那就搓灰吧，一绺一绺地往下搓，搓到最后也许就干净了。也许，干净几天又脏了。

《对不起，南极》让我隐约觉得那个我怀念的早期张宇的魂，丝丝缕缕又有聚气之嫌疑了。尽管他自嘲已经是一位“退出江湖的过气作家”，但我理解那语气所指的含义是相反的，还是不服，潜台词是“哼哼，看吧，老张二十年后还能逞成个英雄好汉”。我知道，张宇对文学贼心不死，壮志犹在；我也知道，变化中的张宇，对文学的真和爱没变过。他的聪明让他对自己的问题比谁都清楚，对如何解决自己的问题也很清楚。

我揣测，他肯定正攒着劲要写下一部作品呢。也许，悄悄地，他已经在进行中了。

在南极忏悔

——张宇访谈

在中国作家中，张宇应该是到达南极的第一人了。从那里回来后，他写了《对不起，南极》，出版后引起了广泛关注。我读后，不由被他的思考裹挟而入。于是，在 2013 年 9 月 1 日下午三点，我去拜访作家张宇，围绕着他的这篇新作《对不起，南极》做了访谈，整个过程，相谈甚欢，并常因他的幽默而笑声不断。

"我看不起自己"

孔：你的《对不起，南极》写得挺好，这本书首先给我的感觉就是这十多年来不太在状态的张宇的魂儿又回来了。我指的是你这里边有那种把自己投入进去的沉思，把自己内心的情绪渗透进文字中的状态又出来了。

张：这是我比较熟悉的写作方法。

孔：《软弱》后的“公检法三部曲”，你是把自我主体抽出来了，就是轻松地讲一个别人的故事，里面市场化的元素还是很明显的。

张：我的创作，在写完《疼痛与抚摸》之后，有意地扩散开了，有意地普及了写作面积，市场化的元素确实存在。小说就是市场化的。从原来发生时小说就是传奇性的故事，小说的存在不是为了新鲜的理论，这是不对的。每一个作家都在面临这个问题，一边想写纯文学提高自己的品质，一方面想扩大自己的阅读影响，作家都在这个两难之中，我也是这样。

孔：《对不起，南极》又转换回来了，只在意表达。

张：对，写作态度决定作品的走向。我现在到了中老年的坎上了，有了一种自省的态度。一个作家怎么能自己不检讨自己呢？我是不自觉地反思，自己对自己的反省，像牛倒沫般地反刍。到南极后很痛苦很迷茫很绝望很悲悯，这样自己就一下子打开了。其实跟南极也没太大关系，南极就是一个借口。我写得比较自由。

孔：就是借南极写自己的生命感悟。

张：是，李洱看完后就打电话说，你与自己有仇啊，把自己当敌人了。确实，我是我自己的敌人。这本书是一本自省的书，是对自己的一个看不起。我看不起我自己，到一定年纪了,回观一生,很不满意,这是现实。到了满是冰雪的地方,朝圣一样,看到了自己的灵魂,特别后悔,都干什么啦!

孔:有没有觉得,以张宇的才华,跟作品比较起来,有些不相称?应该会更好,你这个宝藏没发掘充分。

张:这是积极的看法,还有一种消极的看法,一个人的才华的挖掘是需要客观条件的。我从小的客观条件是生存问题一直解决不了,别人都在忙知识积累的时候我在忙生存,知识积累完不成的话,传达的能力就上不去。

孔:物质确实是作家的生活基础,也会构成局限。可文学传达实际上是个持续不断的过程,后来的不断积累也会起作用。

张:对,也会上升的。但对自己的挖掘和天赋的开掘总是有限度的。这部作品我在写作态度上打破了,不做作,也不是故意的,回忆的时候不舒服,有种痛苦,把这种痛苦写出来了。其实就是作家跟自己的紧张关系,开始是和平共处的进入,写着写着就是不能和平共处的关系了。这次声声泪,控诉的都是自己。声讨的、批判的、厌恶的,都是我自己。

孔:如果能拐回去的话,会不会走得不一样?

张:人生是不能再重复一遍的。一个人经历什么是个人的命运,是缘分。缘分没什么高低、大小、好坏之分,是个人化的。人在经历各种机缘巧合上是不一样的。如果这样思考问题的话，死得就会更安静一些，就会不留恋这个世界，也不留恋自己。

孔：到了南极，真正领略什么是天，什么是地，发现人跟企鹅是一样的，很多事情原来都不算什么。

张：可以忽略不计。说句内心话，从南极回来觉得老婆啊，孩子啊，都是局外人。当然，这不是具体的，是观念上的。生活中那种反人性的种种规矩限制啥的，想明白了，就这么回事。

孔：你就是想得太明白了。

张：有什么不好啊，总比不明白好吧。

孔：《对不起，南极》是你近十来年作品的升华，写的时候好像很自由，结构意识挺强。

张：我是讲究内部结构的。虽然想说什么说什么，把自己写得很舒服，但是意识上有结构。结构能力弱的作家就会小心翼翼的。我这部作品结构有两点：一是主导情绪，这是内部的结构意识；二是从出发写到回来，这是外在的。很多作家都把结构只当成外在安排，是个技术问题。其实不是，这个外部的结构好处理。还有个情绪问题，决定一部小说的主要是作家的情绪。要先确立一个作品的主导情绪，这个不能变，一变写作就摇摆了。

孔：李洱的结构能力也很强。

张：对，李洱也是这样。

孔：你和李洱，都是懂幽默的，你觉得你俩的幽默有什么不同？

张：李洱比我客观，比我冷，比我理性，他是冷幽默，但出发点很温暖，只是他的语调很冷。我的幽默语调温和一些，可内里很冷酷，也许比李洱更绝望。

孔：你的幽默核心态度是“嘲”，不是“讽”。有时候言辞上狠，心里不是，最后总是宽解了。

张：我是会心一笑，嘿嘿而去。最近有一个人打电话反馈说，有些部分写得很好，你怎么不放开？比如写到父母，写到南极，为什么浅尝而止？可能这是他的理解，他的智慧只到这个程度，他理解不了。我什么都要放开写，那就不是我了。这部作品我是大块留白的。

孔：这部作品里，让我非常难过的是你对父亲母亲回忆的部分。

张：原来没打算写，写着写着就跳出来了，跳出来就写吧，写完反倒把对父母亲的感情放下了。

孔：对，通过写这部作品你放下了很多事。从对母亲去世前在医院里的那段描写可以看出，你之前好几年应该都在自责，真写完可能就有些释怀了。还有就是那个官司。

张：对，我就是借着这个作品做了一些减法。我不管别人怎么想，这是我自己的事情，我自己做决定。你愿意抱着你拿上，我不拿了。现在好像那被起诉的不是我，是别人一样。

孔：你写夏泊这段，说了很多他的优点，你有没有担心会有人质疑说张宇在巧言自辩？写这段是你预先就想写的，还是写着写着自己跳出来的？

张：现在人与人交往好像形成了公式，说一个人好就为了回报一样。也是写着写着跳了出来，那我干脆写出来算了，这么多人关心这事，其实这么多年，我从没把我真正的想法给人讲过。我不在意别人怎么想，我没巧言自辩。当时我说过一个比喻，夏泊拿了个木头，我做了把小提琴。夏泊反了一个，反得很妙，他说我做了个小提琴，张宇刷上了漆。这里边主要是一个文艺理论问题：一个作家，你进入的时候就是主体进入。

“上帝和佛都靠不住”

孔：《对不起，南极》的写作过程挺有意思，可能跟你读佛学有关系，先是写有，生活中各种事情对自己的困扰或者影响；后是写无，天地茫茫间的大无。你这大无，让我挺吃惊的，物质的无没有了之后，你把人类最终要皈依的精神信仰——上帝与佛也消解掉了。

张：也不是故意的，就是面对自然时的一种突然领悟。我突然想人类没有了，这种精神信仰还有吗？猪没了，猪毛在哪儿？上帝也好，佛也好，他们的存在在于人对他们的感知。他们不是客观存在的，是主观存在的。当然，客体也是依赖主体的感受而存在的。人的感受这个土壤没有了，精神信仰还有存在的可能与必要吗？如果人类消亡，上帝就不在了，佛也不在了。上帝与佛，是人类的自我感知，是很严重的自我安慰与自我想象。

孔：你最后的结论挺有意义，上帝与佛并不能拯救人类，真正能拯救人类的还是大自然。

张：对，还是大自然。人类是大自然生出来的，要爱护这个子宫，要爱护这个母体。如果抛开了这个，人类就不能存在。这也是我以前没有想到的，算是南极对我的教育吧！刚才你说得也对，我这本书是从形而下写起，写到形而上，是这样一个走向。

孔：反过来读也挺有意思，在这样一个大无的背景之下，再来看尘世生活中的种种困扰，原来都很微小。另外，我突然胡思乱想，结尾换一段，或者再加上一段，写这个从南极回到郑州的陌生人，逐渐适应周围，尘俗的欲望、烦恼和挂牵又逐渐显出分量，柴米油盐逐渐被在意起来，南极的影响随着岁月逐渐风吹云散，消失于无形，会不会更有意思？我想：所有心灵都可能遇到洗礼，只是驻留下来的影响有几分？更何况健忘症总是时刻发生的。

张：这样就是许多人都到过南极，只是载体不同。我是有了真的看南极的机会而已。每一个人经历过的让他感动醒悟的地方，就是他的精神家园。人类，尤其是知识分子，有一定的觉悟后，主动就是一种痛苦。人的思考大多是很懒惰的，别人怎么样我就怎么样，我只要比别人生活得幸福就可以了。你说得这种可能性很大的，就是又没有了，又回到了轮回。我知道你的意思，但我是不想往那边走。那会更深重，也会更恶毒、更可怕。人回到世俗后，在世俗的欢乐和烦恼中逐渐忘了思想的痛苦和终极关怀的迷茫。这是又一个轮回，我觉得还是有一种希望吧，还是给自己和大家一种希望吧。我不想写得那样绝望，也不想回到轮回中间来，但可能下一个作品就会回到轮回里来。我现在整个心态还是久久回不来。

孔：现在还没回来？为生活忙碌的实际运作回来没？

张：现在还没完全回来，生活回来了，心灵还没有，还是两张皮。以前做事很认真，现在无所谓了，随便了。

孔：《对不起，南极》意义是多重的，对科技的反思，对生命经历的反思，对民族差异的反思。读完后阿根廷自由广场、南极英雄谱、企鹅都给我印象深刻，你的着重点是政治文化反差、民族思维民族性格的反差，我感觉你是怀着一颗温暖的心去探索民族现代性的距离和方向。

张:我这样写了吗?我可能理解中国人是怎么样生活的,我熟悉我的生活方式,我又感受到了别的国家人民的生活方式是那样的,很不一样,总而言之都是人类的生活,各个民族生活的形态再怎么不同,也不能作为破坏自然的借口。

孔:最后你把思考推至人类性了。

张:我在南极的时候就没有觉得自己是中国人了,面对那个环境,你就觉得一个是人,一个是自然人。

孔:南极的境界是一步步往上走的,先是反思我,然后是在路上反思国家民族,最后反思人类的发展。

张:这就是差异和过程,如果没有差异和过程,就不会助长一步一步的思考上升。

孔:这个作品的重心我觉得还是不同的民族对比,在对比中你留下了很多空白,点到为止,为什么不深入多说一点?

张:更多的东西留给中国人自己去阅读吧!中国人自己的情况我们自己知道。当然也并不是他们就好,我们就不好,只是两种民族的生活形态不同。

孔:其实这部分是作品的重点,甚至从杨青的印度老公开始你就在探讨这个问题,甚至去之前办手续什么的,就已经开始了。

张:这是我最喜欢的。这是因为我们的生活中没有。一对比就知道，我们生活得多么琐碎，多么拘谨，多想放开一点，自己的愿望就是很想放开一点，自由一点。当然我写得还是很谨慎的。

孔：你写得确实谨慎。但这点是整个作品的主线。

张：我回顾了我自己生活的实际状况，那种压迫感，也是我自觉地代表我们自己民族的一种自省。我写作时是宽以待人待物的。随着阅历的增长，我知道，这也是人类社会发展不可逾越的过程，逐渐学会接受它，但接受它并不意味着它就是优良的。反思的时候，困惑就产生了。这个作品我写的时候很平和，只是对我自己，第一次这么不可饶恕地批评。

孔：这是不是也是你不想要我说的那样的结尾的心态？你把这些看成是一个过程中的必经阶段，你还是愿意往前看，还是愿意有希望的。

张：对，心里边愿望上还是觉得有希望，有进化的思路的。过程是不可超越的，是需要经历的，是需要承受的，但不能够彻底反对。什么样的社会制度、文化形态都不是完美的，都有弊病。我们五千年的文明史，历史最长，进化最慢，我们往自由民主进化最慢，有历史和文化对人的压迫在其中。

孔：《对不起，南极》，信息量还算是挺大的，从任何一地方切入，都会有感受和思考。

张：中西方文化的对比，对哲学的否定，对科学的否定，人与自然的关系等。只有这种方法才能简单地否定，不然距离太近了。

孔：你在文中说人类最完美的阶段就是农业社会了。确实，工业社会一开始，人类立即进入另一种速度和轨道。

张：是的，我这个判断也是以科学来鉴定的。农业社会，人类产生的垃圾对自然的回馈是营养，通过自产自销的方式，是有机循环。但到了工业社会，垃圾就消化不了了，成了地球的重负，这是人类社会的严重分野，与自然规律背道而驰。

孔：科技发展就是双刃剑，越到后来，负面影响也许越大于正面作用，提供便利越多，危患就越大。把后代的资源环境都破坏掉了。个人聪明和人类聪明都一样，都是挺可怕的聪明，也是挺可怕的愚蠢。

张：对。比如现在，因为种种原因，地下水污染挺厉害，一些地方，许多人得了疾病，代价大不大？对人生命带来了伤害，得不偿失。

孔：南极跟你是挺有缘分的一个题材。如果不是南极的话，你的许多思想的毛也会找不到猪身子。

张：我正好撞上了这样一个缘分。这几年我读古籍和经书比较多，生活上也有些起落，这些因素巧合着催生了这部作品。如果不去南极的话，我可能往何士光的《今生》那个方向写了，会认为佛能解决一切，甚至也许会皈依。

孔:但去了南极之后你把佛的价值也消解了。

张:对,上帝与佛是靠不住的,他们也不能最终帮助人类,帮助地球。

孔:这个认识,许多人不会有。

张:没有机会就不会有。缘分就是去南极的就我一个人是作家,一个作家在痛苦地思考着。每个人都有自己的南极,南极只是一个载体。这个是思辨的。每个人都会有会心和思考那种很灵动的接口,但是要有很多东西铺垫。有些人活了一辈子不会觉悟,有些人突然一笑或突然一哭,就觉悟了。每个人都有自己的觉悟方式,也是不同的。

孔:西藏之行是不是铺垫了你的创作心态?

张:我从西藏回来后,痛苦了一阵。写了篇四万八千字的散文,存在电脑里突然就没了,手写底稿又不在了,怎么也找不到。之后就没再写,写南极的时候又回忆起来了。

孔:写完南极后是不是一下子有种空空的感觉?

张:对,给自己一个交代了。基本上是想明白了,写明白了。我解决不了,但可以引起别人的注意。

孔:你在《对不起,南极》里着重写到了三个英雄人物,为什么?

张:东西方文化里都有对人类命运对关怀,有很温暖的东西。关于南极,关于南极英雄的描写,一百年来一直在写,写过很多东西，拍过电影，但我写的是我的南极，是我的感受。写这三个人物，我是想写人性格的对比，人类文化的对比。出发点不一样，文化就不一样，性格就不一样。阿蒙森代表海盗文化，斯科特代表绅士文明，更多悲悯的情怀，沙克尔顿的精神亮点是人人平等，从没有特权意识。

孔：这三个人物的后世认可与判断挺有意思，常有变化。也许，一个民族，整个人类，价值观都是不断发生着变化的。

张：对，需要不断地认识，再认识。人类对价值观的认识是漫长的过程，没有定论，没有结论，只有感受。我是这样想的。跟年龄有关系吧，人越年轻越容易下结论，越爱谈死亡，谈终极关怀。

“再不能与自己和平共处”

孔：你最初写小说的时候，20 世纪 70 年代末到 80 年代初，写的都是短篇小说。我觉得你那时作品里的细节，对生活的感受把握挺好。

张：那时候非常年轻，二三十岁，有一种对生命的渴望，离开家乡时间短，写得很清新，写起来也觉得很亲近。那时我也喜欢孙犁这一类作家，写了《河边丝丝柳》《夏夜小河边》《秋天桂花开了》《土地的主人》等一系列的作品。《活鬼》是第一个中篇，我的作品从《活鬼》开始是一个分野，个人思想发生了一些变化，包括对人的理解、对文学的理解，我一个人坐在角落里对中国文学进行了野蛮的反思。《活鬼》是我灵魂里的东西，也是我对中国文学的质疑，我觉得之前那些农民形象不是真的。

孔：那会不会也有些作家觉得自己写得不真，就是改变不了呢？

张：会，一个人知道自己有毛病，跟能改变是两码事。写农民，是主体进入还是客体介入，是两回事。这很重要。

孔：你那些小说的细节非常有意思，比如《秋天桂花开》。我觉得这里边透露出你后来写作的两个重要特征，一个是真挚的乡村情感，另一个是从日常生活中发现幽默的敏感。这部作品跟《活鬼》看似没关系，但实际潜隐着你的创作趋向。你的感受世界里，先天亲近民间智慧的东西，农民是人穷智不穷。

张：我从来不觉得一个农民有多少庸俗的地方，我一直说我是个农民，我是很骄傲的。中国是一个农业大国，农民继承中国文化的基因最多，有什么可自卑的呢？没什么可自卑的。你看沈从文写的，他作品那个美呀，用乡土绝对不能概括，是人类生存的大悲大美。作家创作的时候是酝酿一部作品，感受是母体，而不是生产什么思想，作家不是带着思想去写的，是带着感受、情绪去写的。所以沈从文是水，再老一个男人也泛着少女的感觉，灵动无比。

孔：你之前的《刀客的礼物》等作品中有股烈气，跟你家血缘有关系吧？

张：是有一点，我爷爷就是一个土匪。也跟我们山里的地域有关系。山区跟平原地势不同，一转弯就有一个风景，就有一个巨变，这就造成了我的起伏。

孔：你现在跟自己关系怎么样？

张：我主要就是跟自己关系搞不好。我在 1994 年写了《与自己和平共处》，就发现了与自己保持一种什么关系很可怕。跟自己是什么关系很重要，跟自己关系太紧张的话会很痛苦，我选择了这样一个载体一个语言，就是跟自己和平共处，不要太认真了。

孔：这个随笔大家引用得挺多，以此证明你开始转型了，不想伤筋动骨了，开始想放轻松把玩摆弄了。

张：作者写到一定程度触及自己的灵魂，是很痛苦的事情，他要确定面对自己的一种态度。与自己和平共处是自己面对自己规定的写作时的一种状态，跟设定程序一样的。这样就基本解决了我的写作问题，跟个人的状态是两码事。但这一次我就超出了那个状态，《对不起，南极》超出了与自己和平共处的状态。

孔：看来你还是不能与自己和平共处啊。你的务虚能力很好，作品《没有孤独》《自杀叙述》，思辨色彩很强。20世纪八九十年代你的文学影响还是挺大的，《软弱》后滑坡了，生活困扰多了还是为什么？

张：也不是什么生活困扰，就是心态变化了，心态杂了。

孔：我喜欢你的几个小说：《活鬼》《乡村情感》《没有孤独》《自杀叙述》《疼痛与抚摸》。在《乡村情感》里，你把他们的客观处境写得很可怜，但你把他们的精神气节写得很高昂。

张：哦，《乡村情感》我写得很极致，写得也是很可怜的，实际情绪藏得挺深。革命者被革命抛弃后，生活艰难，但他们自身对生活还是很认真很热爱。他们的生活让我感慨，我是在这样的情绪下写的，我写得很难受。

孔：有时候觉得读你的这个小说，就像在剥洋葱，一层层，每一层都有说道，但那内核裹藏在最里面，最辣。你作品的精神走向藏得挺深，情绪饱满，张力大，意蕴开阔。《疼痛与抚摸》你就藏得挺深，你就是借水月她们的故事写自己，在写自己的情绪与态度，颠覆性挺强，也把某种形象复位了。

张：王蒙老师就说过这篇是意识先锋、叙述先锋的小说。

孔：《疼痛与抚摸》顺着每一个指向走，都可以说上许多，好像混融了许多的主题可能性。

张：我觉得没有什么主题思想，我老实交代写作过程，就是我带着大家一起思考，到最后我也没有思考出结果来。但在思考的过程中，有很大的思维空间张开了。当时在北京开研讨会，开了一天，什么男权主义女性解放政治寓言，大家争论得很激烈。其实一个作家没有什么主义，不是为主义写作的。我当时就觉得这可能是一部不幸的小说，也可能是一部经典之作。经典之作的话需要时间来证明，我也看不到；不幸之作的话，一阵热闹过去就算了，我也无所谓。

孔：你这篇其实跟男权女权没多大关系，你是借了这样一个故事来做壳，壳本身不是重点，重要的是你壳下的寓意，挺挑衅的，气质也挺凛然。

张：对，正好让我释放了情绪，借尸还魂吧！《疼痛与抚摸》是我写得最复杂的书，我自己都不知道写的什么，也是写得最简单的，就是写作愉快。把各种感情写到了极致，有这种叙述欲望，当时是一上午写五千多字，钢笔写的，哈出来的。诗意的、哲理的、思辨的东西，也是涌出来的，不是苦思冥想慢慢来的，是情绪带出来的。

孔：莫言那状态更厉害，一天写一万多字。

张：对，他身体好。

孔：《软弱》呢？是你有意识的调整吗？

张：是，《疼痛与抚摸》后写的《软弱》，内部人性上对人的开掘还是一样的，只是在外部叙述语言上边洗去了一些才华，故意用大白话来。《软弱》是从一种叙述转到另一种新的叙述，挺费劲的，到《潘金莲》《表演爱情》就轻松多了。我当时觉得一个作家要多方向伸一下触觉，看到底有多远。

孔：现在也伸过了，也走得挺远了，可以收回来了。

张：当时谁也不理解，其实是写完《疼痛与抚摸》，一个作家对自己才气的消费，消费掉了就没有了。这东西不是努力出来的，是放出来的，放出来，舒服了，没有了。再写，就是《软弱》了。

孔：主要是你憋着的那股劲泄了。一些作家，始终憋着劲不改方向地去不断写，比如莫言就是这样，总保持着热情和心劲。

张：这就是我跟莫言的差距。

孔：你继续保持下去会不会更好？

张：写作不是批量生产，如果产生不了激情，就厌倦了。我对自己的文学品质估计不高，文学要天分好积累好，我天分好，后期积累不足，不能走很远。

孔：也不是积累不足，就是人聪明，天分好，玩心重，兴趣点多。

张：对，我是转移得很快，几棵树让我玩了几年，写作的事早忘了。

孔：但你心里还是把文学看得很重，《软弱》之后的几年，你有没有写作状态和情绪上的焦虑感？

张：你这个问题好，有。很焦虑，但我的焦虑跟别人不一样，我不是焦虑外在，而是发现自己有问题了，写完《软弱》，尤其是《表演爱情》之后，不满意了。

孔：《表演爱情》写完你后悔没？

张：《表演爱情》写得很愉快，卖得也很好，但我确实后悔了，从文学质量上确实下滑了。我觉得很恐惧，警觉到必须打住。

孔：你的作品跟你性格关系挺大吧？我觉得你的性格挺有意思，一方面你很能善解别人，也能宽解自己，但另一方面，你对别人和自己的是非好坏心里特别清楚。

张：我对自己最刻薄了，心里不断地骂自己，我在《足球门》里流露过。我常常自言自语骂自己：他妈的，又犯错误了。骨子里我没变化，对文学的感情和写作态度我一直没多少改变。矛盾谁都有，我不过更充分些，毛病多了些。我的特点是互相矛盾的东西可以在我心里共存。我的作品，从《活鬼》开始，很少是单一的，而是多义性的。一个人不可能解决所有的矛盾，不如把它们放着，养着，养着养着就可以互相供养，这样作品就不会太单一，太干净。

孔：《活鬼》是非常接近你自己的。一些评论把活鬼当作民间生存智慧，侯七有种命运危机的敏感，善于变通，可我再次读觉得他身上还有些庄严的东西，作品还隐在地对正而大的那些的偷笑与揶揄，是弱者的对策。

张：鲁迅写阿Q是精神胜利法，我写《活鬼》是物质胜利法。侯七生活在人与环境的紧张关系中，这不是这个人的责任，而是外在环境的压迫。他每天的生活都很认真，他没有力量改变生活关系，生活关系改变了他，他必须不断适应生活关系的一种矛盾。人的命运不可主宰，能主宰的是生活态度。侯七是我不管老子成什么，你们说我好也好，说我歹也好，老子就是这样一个人，你想说什么说什么，我从来没变过。他不是逆来顺受的，是挑战的，这改变了一贯的农民形象和作家一贯的农民想象，破坏了一种叙述习惯。这个作品当时影响挺大，我破坏了一贯的小说写法，解放了许多人的文学观念。其实我骨子里是现代的，黑色幽默的，那时看了海勒的《第二十二条军规》，他多少点亮了我的中国生活感觉。

孔：看来作者某一阶段的读到什么书很重要。

张：那当然。不是书籍，是某个作家对你的帮助，可以说没有海勒的诱惑，就没有《活鬼》。《活鬼》是我的，但那是海勒诱惑我写作的。

孔：也是缘分，你什么时候碰上什么书，能不能点亮你，是种缘分。你还喜欢哪个作家？

张：梅里美。他写了二十几个中短篇就不写了，当时很多人崇拜他。他写小说也不发表，放在桌上，谁想看谁看，他让我印象挺深的就是写作到底为了什么，就是玩，不是功利性需要，是作家个人才华的主动泄漏。另外，我写《疼痛与抚摸》时两个作家诱惑了我，一是米兰·昆德拉，当时我看的是韩少功翻译的《生命中不能承受之轻》，另一个是勃兰兑斯，他对我语言的启发太大了。他是世界上伟大的评论家，他对一批伟大作家居高临下地进行评价。我一看就很对味，哎呀，这就是我的朋友。

孔：后来变成了你的腔调。

张：有一点吧。

孔：你怎么撞上勃兰兑斯的？

张：李艾云推荐我看的。优秀作家很多，经典作品很多，适合自己的，你看了很喜欢，能沟通，引起兴奋感，就像看到情人一样。

孔：最后问一个跟你的生活和写作都挺有渊源的话题——盆景。养盆景很多年了，对你的心态、创作观念等有什么具体影响？

张：说我养树，还不如说是树在养我。你知道一个作家也要生活，特别是一个进入城市的作家，没有什么朋友，和城里的人打交道很不容易，我和我的树都来自乡下，可以做个伴儿。它们依靠我养才能够活着，我依靠它们的滋养才能够安静下来,不那么孤独。这是一种很独特的生活关系。也许对我的创作有一些影响,到底影响了什么,其实我也不明白,也不愿意明白。

与一颗简白、慈柔之心的对话

——周大新访谈

一、从南阳盆地出发

孔：周老师，很感谢您接受我的采访。记得之前你说过这样的话，“故乡是作家生命和灵魂的根。她，永远是我创作的乐土，永远的精神栖息地。”记忆中您的童年生活是怎么样的？有什么人和事至今难忘并影响了后来的创作呢？

周：人的记忆是有选择性的，在我的童年记忆里，欢乐的事情记得比较清楚。最深刻的是两类，一类是跟着大人们去田野里，在大人们劳作时我与小伙伴们一起玩闹游戏，田野是一个太有诱惑力的去处；另一类是母亲和村里其他女性对自己的爱和善意关照，让我觉得这个世界很美好。对田野和女性的这种记忆对我此后的创作很重要。

孔：相比你们同时代的作家，比如莫言、阎连科关于饥饿记忆的表达，您的文字好像很少表现这些煎熬和痛苦，也没有由此而产生与外在世界强烈而紧张的情绪力量，为什么呢？

周：我对痛苦的事情好像本能地不愿回忆，每当它要翻涌到记忆的表层时，我都想把它再按下去。这大概与我这一生遇到的苦难太多有关系，如果我不强迫自己忘记，如果我常去翻腾我遇到的苦难，我可能就活不下来了。也因此，我和别人不太一样。

孔：余华曾经说过，他每次写作都是一次还乡，即便是身在北京，也要放灵魂回到海盐的土地上，将人事虚构放进海盐的背景下。您对此有什么看法？

周：我认同这种说法。我写人，只有写出生于南阳这块土地上的人，才能写得自如和自信，也因此，我作品中的人物，虽然在北京和其他大城市生活，但我会让其出生于南阳，这样我写起来方得心应手。每次写作，都需重新回望故乡。故乡，其实是我的写作资源存放处。

二、“原型的力量特别巨大”

孔：周老师，您是“劳动模范”，我在《乡土守望与文化突围：周大新创作研究》那本书的后边，看到著者总结的您的创作年表，作品实在是太多了。您早期写了很多军事小说，后来开始写故乡人事，这期间是七年的摸索期。我觉得《汉家女》这个短篇意义非凡，内容上写的是汉家女当兵后的部队生活，可这个人物的骨血却是农村妇女味儿十足。这个人物有没有经历上、性格上的原型？

周：汉家女这种性格，我熟悉的很多女性身上都有。我是把好多乡间女性包括后来我在军中认识的女性的言行集中到一个人身上，才有了汉家女。我的一个远房嫂子，就有这种敢做敢为的脾性，我在想象中把她送上战场，让她经历一番血与火，她就变成了汉家女。《汉家女》的写作让我一下子意识到，除了我当下生活的军营和军人可作为我的写作对象之外，我还有更熟悉的乡村世界、有更熟悉的乡亲可写，我还存有另一种写作资源。当这个资源库被打开之后，我觉着写得更顺心了。

孔：尽管小说创作是作家由着自己的性情、价值观、理想而虚构出的完整世界，但这个世界的砖砖瓦瓦一定还是从现实生活中来的，这个世界的搭建还是扎根在作家现实经验夯下的基石上。由此，原型的力量就十分强大，它对小说世界的渗透是决定性的。原型不仅是熟悉的人，还有熟悉的生活场景和必然的情感倾向和价值判断趋势。您在写作过程中，原型的作用也挺大吧？您是如何将原型生活的某些情节虚构进小说世界的？

周：原型在我的写作过程中，最初是真人站在那儿，然后我开始用笔朝她身上涂抹各种颜色，开始用文字当化妆品来打扮她，给她穿上各种衣裳，直到把她打扮成我喜欢的模样，让她立体地活灵活现地出现在读者面前。这时的人物与原型人物，已相差八千里了。原型活动的场所最初是真实的，然后我让其逐渐模糊，在我的想象中不断变化，直到变成一种符合小说美学要求的场景，并在读者的头脑里呈现出来。

三、十分温暖地爱着

孔：周老师您是特别让人敬重的一个人。无论生活给过什么，您都矢志不渝地坚持投射给世界和他人以爱。我知道您最喜欢的作家是托尔斯泰和沈从文，我想，托尔斯泰对您的作用是让您感受并延续了他爱的精神，您能不能具体谈一下您从写作上逐渐接受托尔斯泰、沈从文时的过程和体会？

周：最早看列夫·托尔斯泰的作品是在当战士时，看的是他的《复活》。后来把他的《安娜·卡列尼娜》和《战争与和平》及其他作品都找来读了，他书中弥漫的那种对人的爱意令我感动。他关于“要爱一切人”的主张被我逐渐接受。他对我的影响主要是思想和精神上的。读沈从文的作品是在我开始写作之后，他写的湘西乡间、小镇、小城里的人物，所表现的湘西那块土地上的生活，与我所熟悉的底层社会的人物及豫西南南阳盆地里的生活非常类似，他对小人物的那种同情和悲悯态度非常契合我的心思，我一下子就喜欢上了他和他的作品。他对我的影响主要是教会了我该去写什么。后来读别人写的关于他的文章，方知道他也是一个感情丰富、极易被感动的人，这一点的确与我比较相像。

孔：您心怀善意地写作着，让人感受到您温情脉脉地不断传送着“爱”的讯息。您常常让女性在“爱”的自然本能中去保护和奉献，从而形成一种感染力量和价值归向，却让男人在趋名逐利的生存中日渐异化而成为您对人性理解的反证。这种反差与对比是故意如此设置的吧？

周：不是故意设置的，是不知不觉间就这样写了。这大概因为我是男性，对男性太了解了，对男性的人性异化状况太清楚了，所以就写成了这样。在这方面，母亲的影响也起了作用，母亲一生都在无怨无悔地辛苦劳作，她让我觉得，女性一生所从事的建设性活动远比男性多，值得去赞美。

孔：您是男作家，却好像有着天然的母性情怀，特有意思。在日常生活中，您跟女性的接触还是要少于男性，您还去过前线见过战争，这种经历与您文字性情的反差挺大的。您怎么看自己的这一点？

周：这大概与我认识到了人的生存真相有关系。这世上的每个人，不管他出生于什么样的家庭，生活在什么地域与国度，一生干过什么，有多么不得了，他在这个世界上的生存周期也就百年左右，而且都要经历自身健康方面的、家庭的、族群的、社会的和自然界加诸的各种折腾、折磨、痛苦、烦恼，没有一个人是活得轻松容易的。只要一级一级地走到人生真相这座山的高处，耐心向下看，你就会看到太多的人生无奈，看到太多的人生烦恼，看到太多的人生苦痛，你就会不由得在心里悲叹，你就会生出一种母性情怀，这些孩子，哪个都活得艰难呀……

孔：您曾经多次表白自己的文学观点，“作家该用自己的笔对人类的完美状态做出自己的描述，指出什么是完美的人，什么是完美的人类社会，什么是完美的人类生存状态，从而去吸引人们向那个完美的境界迈进。”您将写作理想当成文学使命。那您有没有担心过对理想的过于执着会限制对作品意义空间的开掘，从而局限了一个作家的可能性？

周：那大概是我一个时期的想法。时至今天，我的想法是，让读者读了自己的作品后，能有助于他们认识到人活着的最大动力和最后目标是爱和被爱。爱和被爱的感觉与记忆，也是人在与人间告别的最后一刻能唯一拥有的东西。

孔:在您的作品研讨会上,李国平老师用一句话概括您的写作,他说您的作品“暖色是主调,底色却是忧伤”。这让我感到一种共鸣。您笔下人物的酸甜苦辣其实都是命运底板上的不同着色,这着色反衬出那底版的灰暗和质地的冰硬。可有意味的是,反过来,这命运的体验加强了您“爱”的坚韧和贯彻于文本的信念。您自己如何看待命运?

周:命运是一只看不见的手给我们画定的生命轨迹曲线。那只手是谁的手?造物主吧。一个人面对命运所能够做的,只是抓住命运提供的一些修改机会罢了。即使你抓住了修改机会,命运的基本走向是难以修改的,能修改的只是那条命运曲线的某些弧度。

四、一个态度分明的世界

孔:您的文本意志态度分明,作品也相应是一个态度分明的世界。您对《湖光山色》表现出的乡村多方面的变化如何看?

周:如今的乡村在整个社会的变革背景下,发生了翻天覆地的变化。外在的变化是水塘、水渠少了,水体脏了;耕地少了,土地被污了;年轻人少了,村子变成空壳了;垃圾多了,村子逐渐被垃圾包围了……内在的变化是人们觉得生活在农村没希望了，人们对土地的感情越发淡了，种粮食的真正热情没有了，原先支撑乡村社会的伦理和规矩逐渐消失了，农民的精神之厦坍塌了，他们的心里有了一种惶恐感，原来的那种自给自足的安宁感不复存在了……我在乡间的走动中生出了深深的忧虑，于是有了这部小说。我想通过这部作品，让读者感受到，乡村系着我们民族的精神根脉，要关注这里的变化。乡村的这种变化，是在向现代生活迈步过程中必须经历的阵痛吗？我说不清楚。

孔：您写暖暖为了救丈夫而被詹石蹬玷污，写汉家女为了成全要上战场的小战士而主动献身，写二嫂与任实忠偷情，这些都是超逸出传统伦理道德的行为，但是却那么动人那么美。一方面，您在一些老人身上寄寓了对传统文化良性因子的钟情，另一方面也并不拘谨于此，让这些女性的魅力在社会伦理道德之外熠熠闪光。您写这些情节的时候，是并无顾忌地随着故事发展和性格的自然流淌吧？

周：是一种自然流淌。生活中究竟该发生什么，有生活的逻辑；小说中该发生什么，有小说美学的逻辑。我按小说美学的逻辑来做选择。人的哪种作为最美，哪种作为最能引起我的心灵悸动，我就怎样写。当那些女性的作为被我写出之后，首先会感动得我自己热泪盈眶。

孔:《曲终人在》这部小说,为何取这样一个名字?欧阳万彤这样一个人物,寄托了您什么样的社会政治理想?

周:最初的书名叫《曲终》,出版社的朋友觉得这个名字太沉重,后来就改成了《曲终人在》,它大概有两层含义吧,一是生命之曲终了,听众其实没有走远;二是生命之曲终了,逝者的精神还在。社会不管采用哪种制度运行,总是需要社会管理者的,这部分人的素质和境界关系到社会上所有人的利益,我们有理由对他们进行关注和监督。不管哪种制度下的官员,如果他不自设做人底线,其实是都可以贪贿的。欧阳万彤这个人物,由于多种原因,算是中国社会里活得清醒的一个官员,与我心目中的政治家有些接近了。人们组成社会,推出社会管理者的目的,是让所有人活得更好,收获更多的幸福。一个人一旦不再创造社会财富而只是进行管理,就应该倾其全力为众人谋福祉,而不是利用管理平台只为个人谋利。

孔:作家面临这样一个时代,面临这样一种生活,它超出了作家的想象,怎么写呢?

周:这就是为什么我的《曲终人在》二十多万字却写了两三年的原因,就是要考虑该如何恰当处理这些五彩缤纷的东西,生活有时比人的想象精彩得多。我这次写的东西就是想写一个有关高层腐败的问题。书中记录的是人在社会中的管理变迁,它经历几个大的阶段,最初是氏族和部族,主要靠血缘来建立威信和管理的权威。随着社会生活范围扩大,人数增加,社会管理开始有一些靠强势力量发展,从民族长老到部族长老夺过来的权力,皇帝、奴隶主都是这样的。这种靠单个家族来管理的是世袭管理,它的弱点和缺陷很快就被人们意识到,在中国就是一两千年的事,太不符合社会发展的需要。然后开始进展到由一群社会精英来管理,这样的管理和精英人物的素质联系在一起,如果这些管理者的素质不行,就会影响整个民族的生活质量。我希望通过它能呼唤更多的高层管理者,能以国家和民族利益为重,能为老百姓的前途命运考虑,呼唤这种意识,改善这种社会管理水平,大家都在这个社会中生存,谁也无法逃脱这个社会,那么社会管理者的水平和我们每个人息息相关。大家都想远离政治,但其实你离开不了它。那怎么来改造和完善这种东西,我自己也拿不出更多的主意,我只是把现在我理想的、想象中的东西表现出来,希望引起人们的关注和重视。

孔:有人说您是真正的"文如其人",是"好人"写出了"好文"。但2012年在南阳举行"文鼎中原——长篇小说精品工程优秀作品"颁奖典礼的时候,行者说作家在年轻的时候要不怕犯错误,要敢于做坏事,我想他其实是在强调丰富甚至芜杂的生命经验的重要性。您对这点怎么看?

周:我不赞同"文如其人"这种说法。为人要谦谨,为文可放荡，不要把人和文画等号。人写作时应该完全释放自己的想象力和生命经验。我也只是一个普通人，我这一辈子经历的、体验的东西，我再写几本书也写不完，只是有些东西不愿写罢了。

我们的道路究竟有多长

——论汪淏随笔《一个人的道路》

汪淏是成名很早的作家了。他二十十岁就写出了专业性很强的学术著作《王蒙小说语言论》,他写小说的时候,跟李洱一起,被认为是河南后起之秀中的翘楚。那时,汪淏已经显示出他在文学方面的深情和才华。后来,他显示更多的,是他的性格。许多年来,汪淏放任自己的性子,长久地生活在自己的性情和志趣中,于是,他也就长久地生活在了自己的世界里。

他的世界没有纷至沓来的杂事缠绊,没有琐碎嘈杂的家务来扰烦,没有人情世故的得失来磨乱,他有大把大把寂静的时间可以读读书,听听音乐,或者就眯着眼睛让想象随意翻飞,让情绪自由起伏,让记忆点点滴滴坠落眼前。是不是挺让人羡慕的?尤其是被日常事务搞得疲惫、厌倦的读书人,在夜晚沉静下来聆听自己灵魂残喘的时候。真的是羡慕这样简单的一个人的蛰居,让自我在清净中漫涌起某种无边无际的情绪，任灵魂的烟雨丝丝缕缕地萦绕心空。就这样耽溺在一个人的世界里，耽溺在那种连空气颗粒撞击的声音都响在耳畔的寂寞里。也真的是羡慕汪溟不管不顾的率性和自我，冲动得像浓烈的没有密封的酒，喜怒丝毫不掩，爱憎果敢分明，这种快意哪里是任谁都敢于泼洒和交付的呢？

就这样由着自己的性情活着，数十年如一日地活在自己的世界里，怎样呢？不管许多人盘算的，不顾许多人挂念的，就拥有了意愿里的自由和纯粹吧？或许是。但那云卷云舒的自在背面，会不会细细辨认出另一种同样不堪承受的沉重和像栅栏一样的困处？汪溟选择了自己的生活方式，他让自己以最接近艺术家的姿态追求着艺术，这也许是适合他的主动选择，也许是错失了拐点后的就此延续。

这是他的道路了。世上哪里有同一条道路呢？有的只是踏上同样道路的千千万万个人，或者是独自行走在寂寥小径上的清影。汪溟独行在自己的道路上，没有鲜花和喧闹，文学是汪溟对这个世界的唯一所求、唯一所恋了。曾经，文学是他的理想，他为之倾付激情，现在，文学是他不离不弃的寄托和伴侣，是他守着的隔离了世界、靠着打盹儿晒太阳的墙壁。

这条汪溟选择的道路，他一个人走着的道路，究竟能有多长呢？

汪溟的这部随笔写于好几年前了。细细读起来，觉得再早几年或者晚几年都是一样，他都是这样写。

在这部随笔里，他写了这样一段经历：作家马牧居住在浮戏山写一个长篇，一个简单念头——徒步走回商城突然而至。于是，他就“雄赳赳气昂昂”地一路走了回去。这样概括其实一点意思都没有，这个随笔的内容和意义只能一句句在阅读中心领神会，任何提炼出的主题都与它无关。它是一个人在大自然中心旷神怡的每一个有意味的瞬间，它是一个人在旅途中的每一个有趣细节。他与花花草草亲近遭逢，因长久凝视而融会了它们的生动气息；他与亲人般的山民朝夕相处，清晰地体会到了被关怀的朴素情感；他在不断回想起的故人往事中沉陷，在被淹没而忘乎所以的刹那得到温暖与欣慰。后来，他主意已定，就固执地在一个雨天出发，一路上，心里鼓荡着英雄般的豪气，却也撒着很好笑的孩子气。他看见一群孩子赤裸裸地在河里洗澡，遇上黑脸三轮车夫揽活、放羊老汉搭讪、女人诱惑等，都想“很壮实地戗老家伙一下”。那个从虞城出来的男孩子，原来一直是他不变的内核。那时他自尊自傲，要在小伙伴中非同寻常；那时他鲁莽逞强，从桥上一头跃入水中，不料却摔了个狗啃泥；那时他跟着叔叔们在城里熬了一夜排队卖萝卜，发誓要拥有一个城市的房间……

自顾自的时候多于顾他，坚持自我而不换位理解，在日常人事的行走中保持战士的状态，生生将自己逼至边缘处的小结构中。汪淏那么自顾自地生活，自顾自地思考。他的思考和言行的出发点是“我”——“我”的感受、“我”的认识。而这部随笔，更是每个文字都是那个“我”的一切。是的，他依然是“我”视角。他是以“我”视角看他人，看文学，看世界。

这部随笔于我而言，是一种召唤。

它让我想起自己经常产生的一些冲动，它在心头涌起，它被我“不现实”地强行按下，再没浮上来过。有一刻，灵魂轻声叹息，它只不过想回归一下自己。于是，也就逐渐习惯了勉强，习惯了索然，习惯了枯燥，习惯了不顾自己的自己。这个随笔让我强烈渴望山的气息、水的气息、花草的气息，跟自然越亲近的时候，人距离自身越近，近得记忆中的点点滴滴和刹那间消逝的感觉都生动地恍然眼前。而对于每一个在城市生活的人来说，这种诱惑是永恒的，因为它是心灵的需要，哪颗心灵不喜欢自由自在、天马行空的漫游呢？山的召唤，就像童年的召唤一样，任谁都抵挡不了。在融入自然时，人能获得多少心旷神怡的精神财富呢？无法估量。在与自然的隔阂中，人能有多少性灵的荒芜和钝化呢？难以确知。坐在深夜里，听着马路上大卡车的轰隆声，看着昏黄灯影下清楚的景观，知道黑漆漆的无边无际的夜是遥不可及的梦，就像遥不可及的童年一样。所以，我羡慕马牧，羡慕那寄身山中的日月，或者确切说，我渴望与羡慕着与一切生命贴近着相守相知的欢欣与满足。

该结尾了吧？这时候我耳边先是飘荡起一首前段时间特别流行的歌来——《时间都去哪儿了》，然后想到了黑塞的一首诗《给少年时代的肖像》，放在此作为结束吧。

自渺渺的既往，我年轻的
肖像把我凝睇，它问：
昔日的焕发容光，
有几分残辉犹存？

追抚昔日之我，
生命之路曾贻我多少痛苦，
多少冥冥长夜，多少颠沛流离，
我实不敢重履斯途。

然而我一怀忠贞把它走过，
它的记忆我弥感珍贵。
任是挫折连连、失着屡屡，
我却从不追悔。

像风一样，且追且行

——论黄轶《中国当代小说的生态批判》

怎么形容我印象中的黄轶呢？豪爽，喝起酒来，丝毫不扭捏作态，端起就干。率性，晚饭后散步，光着脚丫子就将自己横陈在小道旁的长椅上，管他来往路人投以什么眼光。勤奋，有时半夜胡聊后，我困了即睡，她还要坚定完成再啃几十页的计划。纯粹，进入写作就较真儿地追究、辨析，拿知识分子的精神和责任当生命里的大事儿。感性，刚听别人说起想为老家孩子办个小图书室的意向，她就着急地要立即给人家捐钱捐书。理性，那文字中清锐准确的判断和宏阔细致的析理，分明来自高远视野中的客观认识和深思久虑……

这几年来，黄轶的学术专著一本本地出：2008 年 3 月，她出版了第一本专著《传承与反叛——中国文学现代转型研究》；2008 年 11 月，她出版了第二本专著《现代启蒙语境下的审美开创——苏曼殊文学论》；2013 年 12 月，她出版了第三本著作《风雨饮冰室——新会梁氏家族文化评传》；2014 年 1 月，她出版了第四本专著《中国当代小说的生态批判》。真是像风一样的女子！像风一样自然不羁、没有边界地穿行，眼睛里只有要去的地方，枝枝节节的树叶子、塑料袋、灰尘都构不成挂碍，被弃在心灵以外的地方。她像风一样快，在短短几年间做出了跨度大、质优量多的研究成果，致使她的博士后导师丁帆老师时常提醒她"放慢速度""慢火炖"，"在学术的道路上由踔厉骏发渐趋冲淡从容"。

黄轶的研究内容，从苏曼殊在启蒙语境下的审美开创过渡到以当代小说为考察对象的生态批判研究，尽管所论述的问题并不相同，但其言说主体的研究向度、立意追求却从未改变——追步那一代学者入世弘道的精神、坚忍勇毅的担当，作看向未来的探索和反思。她最初研究苏曼殊，后来研究梁氏家族，起因在于那代知识分子对后来者的吸引和感召，以至她在写成后仍"总是特别痴念在抗战的隆隆炮火中西南联大、重庆郊外等在后方辗转流离的那些学人，他们是以怎样的坚韧和激情在维护着读书人的精神境界，表达着知识分子的人间关怀"。在黄轶的认知接受中，他们"应该有百折而不泯的现实参与精神和历史责任感，应该对国家对社会有着相当的文化承担意识"。由此，黄轶在隔着时空的阅读、理解，以及返向自身的洗礼、补充中，不知不觉被那代人的学养、思考、人格、追求浸淫了身心。也或许，生于中原长于中原的黄轶，先天气血中就隐有这样的因子，等着这一深入过程的激活、释放。

看这部《中国当代小说的生态批判》，可以见出那积极鲜明的"介入姿态"和主动理性的为社会"事功之心"。这些年来，随着我们具体生活空间中的生态问题越来越突出，关于生态文学的写作者和研究者也越来越多。黄轶也选择了生态批评作为自己的学术转向课题。我想，与凑热闹无关，根本原因在于她意识到：生态研究已经成为关涉国家发展、民族生活、文化建设等的大事情。她有所学，必须要有所行，她要将过去累积的学养和思考放到当下领域中，主动践行那代学人为她所重的"现实参与精神"、"历史责任感"和"文化承担意识"。她要"把学问做活"。20世纪末开始，那代学人主动投身的"启蒙"成为她理论研究的骨血，她所做的一系列研究，目的是在当下世纪之交的历史进程中构建"新启蒙"话语，为未来建设提供可资借鉴的正面话语。在这本书中，黄轶以近些年的当代小说为底本，在全球性发展的视野中，深入生态问题的深层，探究其生成动因，"将生态批判视为这一次世纪转型之交'新启蒙运动'的核心部分之一"，并"更加侧重于生态启蒙的未来式意义"，常常有独到而深刻的敏思与创见发人深省。她思路清晰，有明确定见，不简单武断地轻易肯定或否定什么，也不让一种兴起的认识或观念轻易取代另一种过时的认识或观念，不轻率做两个端点间的无意义滑动，而是理性辨析、深度剥离出各种观念的当下价值所在和生命力适用性。她阐述了发达国家与发展中国家在生态权利方面的不公正现象，探讨中国可持续发展必须要解决的某些“个体因素”，提出建构“弱式人类中心主义”新文化伦理……所有这些观念和那些细致深锐的阐述，都是她希望做出一些有效性思考和建言的努力。在中国必将“现代性”的发展道路上，她要求自己担当起一个知识分子应有的社会、历史、文化方面的职责，起到一个学者应有的作用。尽管，这是一个大众文化、商业文化喧嚣的年代，她不管，她只要求自己身体力行去做。

在这本书中，黄铁实现了专业知识、学理思辨和性情才气的融通。在那些理论文字中，一个理论研究者的心胸、格局、性情、人格也跃然而出，生动感人。如今，她定居江南，算是适得其所，时不时可以见到她在太湖边种菜采茶的悠闲身影，也时不时能看到她耽留苏州、无锡、扬州等地数日，探访那些文人雅士的生活足迹，追寻他们残留的精神气息。她的随笔文章也越来越多。2014 年底，她怀着朝圣般的心情去李庄，“一路飞机、火车、大巴、出租车跋山涉水”，但那营造学社在“远远的田地里”，而史语所还在距离李庄“十多里的板栗坳山沟里”，她就“借了旅馆老板一辆摩托车，沿着蜿蜒的小路骑行几十分钟”去寻找。真是一个风一样的女人。最近，这个像风一样的女子开始慢了下来，她继续追步，继续前行，在且追且行、思行并进中，她还会继续坚持她“新启蒙”的文化使命，会继续写出不一样的有坚硬质地和纯粹光泽的文字。

县城故事:那些"鲇鱼"和他们的"臭水塘"

——评李清源的《红尘扑面》

李清源在《红尘扑面》里有这样一句话:"桌面看上去还算干净,一擦一层污腻,再擦还有,一直擦一直有,让人怀疑永远也擦不净。"这可能是他的文字致力于做的事情——"擦",不断地擦那"好像永远也擦不净"的、一层层"污腻"着的、我们生活的桌面。

这次,他擦的是故乡县城——颍川的生活桌面,他让一个正当年的文广新局副局长郑鸣,手拿一块叫作陈倩的"抹布"来擦。当陈倩这块"抹布"带着感情与希望的血肉在一次次摩擦中深感痛苦与失望的时候,这个县城、更多的县城、更大的生存场的现实纹理就清晰出现在眼前,刺疼了视神经,让人犯呕、压抑。

某"211 工程"大学古籍修复专业硕士研究生陈倩,因父母身体不好,想在县城找个工作安定下来。因母亲的心脏手术，她认识了主刀医生戴胜，戴胜是县人民医院最年轻的科主任，还是全县十大杰出青年之一，县政协新科常委，有过许多女人，他看上了陈倩，就想方设法地帮忙，先是借助朋友资源巧设“妙香居杯对联大赛”为她解决了拖欠的医药费，后又希望再利用这资源将她留在县城。可是，“人算不如天算”，他和郑鸣这两个县城看似有为、前途大好的得志青年，在文管所招聘文物保护专业编内人员这件理所当然的事情上，竟然爱莫能助，眼睁睁看着这岗位被非专业的更强关系户占据。

这个小说中，陈倩和她的经历只是个试纸，郑鸣和他生活的关系错综而微妙的“场”才是主角。颍川就是这样一个人群集中的生态场，有它的规则与逻辑，有“大鱼吃小鱼、小鱼吃虾米”的生物链。它像一沟“难以言状”的“臭水塘”，“河面上污腻晃动，密布着黏稠的物质和细碎的紫背浮萍”，陈倩在经历了沉沉浮浮的屈辱后，最终掩鼻而去。她带着母亲，背着父亲的骨灰，她说：“我要离开颍川了，以后不再回来。”郑鸣说：“哪儿容留你，哪儿就是故乡。”颍川不容留陈倩们，它不配做陈倩们的故乡，可它容留着郑鸣们，它是郑鸣们看透说透但离不开的故乡。可是，颍川这“臭水塘”里的这群叫作郑鸣、戴胜的鲇鱼，也只能一如既往地“混吃等死”，在水塘的臭气与滋养中与之共存，“他在水里扑腾着，拼命往外吐，吐啊吐啊吐不尽，也就作罢了，任由那种恶心的滋味在舌间齿后融化蔓延。他展开双臂，划动着污秽的河水，从容而又娴熟地往回游，身体半浮在花花绿绿的水面上，仿佛一条优雅的鲇鱼。”

在中国的土地上，有两千多个颍川这样的县城，有数不清的许许多多的郑鸣、戴胜、方局长……想到这里，我忽然想起崔健在《混子》里的歌词：“我爱这儿的人民爱这儿的土地/这跟我受的传统教育没什么关系//我恨这个气氛我恨这种感觉/我恨我的生活除了凑合没别的目的……”他们对他们栖身的“臭水塘”，我们对我们栖身的“臭水塘”，会有这样的感受吗？

写了这么多的个人命运与生活环境之间的矛盾，李清源依然“怀怨难解”。他自己因为写作而离开了县城，并在时空上与故乡拉开了相当远的距离，可他仍将不断通过绵密的唤起强烈酸痛感的细节，剖析这“冰冷黏稠”、生命沉陷进去渐被淹没的生存场之泥沼。与他强烈而清晰的不适感成正比的，是他强烈而清晰的期冀，尽管面对现实他语气伤感，在失落中保持着微笑，可他在内心仍对希望矢志不渝。

小人物们的"被"问题

——论李清源的中篇小说《苏让的救赎》

不知为什么，在阅读《苏让的救赎》的时候，我常将心神停留在那句话上："老楝树的叶子已经落尽，干枝之上的天空碧冷如冰。"①该是什么样的劲风一阵猛过一阵地吹来，让一树叶子扑簌簌地不住颤抖？让它们无论如何狂乱地摇摆挣扎，也终逃不脱纷纷零落、等待被碾做尘泥的命运？又该是什么样的一双眼睛，穿过干枯清瘦、孤单灰暗的一段段枝条，看到了笼罩其上、高不可触的天空的"碧冷如冰"？天空、风、老楝树之间，原来是有着深远的因果关联的，老楝树的叶子落尽，近看是因为风，实则是因为天空。而天空好似变幻莫测、难以捉摸，但每一次绿芽萌发、黄叶飘零，又无不是它的意志在人世间的体现。

① 李清源：《苏让的救赎》，《当代》2015年1期。

而了悟到这些的作者，比如李清源，该是一番什么心境呢？也许从此就无法安然，“就是抵制不住源源不绝的伤心”。何止是“抵制不住源源不绝的伤心”？我想：李清源的内心情绪里，还有一股同样或更强烈持久的“源源不绝”的愤怒。童年与作家写作之间的关系之重要，已越来越被人注意到，那懵懂时期的经历，已经暗自决定了一个作家的文字宿命。李清源也是如此，他的亲人和自己所经历的生活让他曾经这样写道：“辛酸童年是我此生无法消磨的痛楚，而造成我灰暗压抑童年的根源，亦我所夙寐不忘。”基于眼见或亲历的芸芸众生生存状态和源于个人童年那“夙寐不忘”的记忆、凝于日渐清晰起来的关系辨析的愤怒讨问，就成了他写作的情绪出发点。

《苏让的救赎》就是这样开始的。李清源以平静淡然的口气，讲述了一个小人物回乡搭救因伤人而被关押起来的父亲的故事。在这段冲突集中爆发的情节片段里，他敏锐直接地切入社会人心日常性的深度地带，在小人物物质、精神、情感甚至命运的不可解脱的尴尬中，深入体察、剥衣现行，倔强叩问这逼仄生存空间的诸种缘由。在不断的追究叩问中，他深含苦味地发现了藏在苏让父子、王大红、谢春丽等小人物命运中的“被”，并在对“被”的细品与溯源中发现了时代与命运相互纠葛的掌控力，发现了造成这“被”的社会问题，这些问题于是堵在了他的心中，积压成无法释怀的愤懑与持久难休的质疑。难能可贵的是,他并没有因此而写得激烈急切,反而耐心地顺着细节的藤去拽出前因后果瓜秧来,让人物的人生流程与命运起伏自然地浮现出清晰图形。活儿做得老练精致、不失温情。他对这些艰难时世中挣扎的灵魂,不忍逼到死角,而是怀着理解甚至设身处地的宽谅,积极认真地探索着面对现在和未来的他们可以栖居身心的地方,哪怕是生活所留出来的逼仄小缝隙,他也愿意写出这些生命在艰难缝隙里所开出的生命之花,嗅出他们所散发出的隐幽芬芳。

这个小说的主要人物是苏克修、苏让父子,以及在这场救赎与被救赎事件中起着重要作用地很少露面的被讲述者谢春丽。苏让是大学毕业后被漂亮女友抛弃、换了几个工作都做不好、开始卖书的城市流浪青年,苏克修是总被乡间邻人拿来恶劣取笑的对象。他们是生存在社会底层的小人物,“普普通通”,“按理说应如大海里一滴水,或者万里平川上一坨泥,默默而生,悄然而死”①。他们在他们的环境中,就像阿 Q 在未庄,即便最后死去,也是“全身仿佛微尘似的迸散了”,在历史和现实的巨大时空中,都不留丝毫痕迹。就是这样的苏让父子,经历着大时代变迁中的属于他们这个阶层的普遍命运。小说的引爆事件是:苏克修捡到了十万元钱,他不想交出去想

① 李清源:《苏让的救赎》,《当代》2015 年 1 期。

私吞，好给在城里打工的儿子赞助首付。但丧妻的他新相好的一个女人王大红也想分一部分，他不愿，于是王大红“大义灭亲”上报了，他恼羞成怒暴打王大红一顿。然后王大红就住在医院，要让苏让赔款，苏克修被关在了派出所，等着苏让去救出。接到这个消息时的苏让，正在跟新女友谢春丽闹别扭，他在听电话的时候，谢春丽摔门而走。匆忙中，苏让坐上中巴回了乡，他一边处理着此事件——到伯父家了解情况、去医院看望王大红、去派出所……一边回忆起了自己的人生片段——母亲去世、被前女友抛弃、工作不顺、与新女友相处……就这样，苏让为何是如此的苏让，他从童年一步步走来的足迹就清晰可辨，这足迹走向了他自己的命运。在束手无策、钱力不足的情况下，离去的女友谢春丽却不断暗中起关键作用：付钱请律师、打款赔付王大红……伴随着情节的是苏让穿过事情表层所看到的、之前没有意识到的真相——父亲苏克修的真相，他对谢春丽的感情真相。因这件事故，他与父亲平生第一次消除了以往的误会，他发于童年记忆的耿耿于怀的情绪消淡了，他意识到了父亲生活的可悲可怜，于是他“额头抵着相框，心头涌动着难言的悲伤。此时此刻，他才发现原来并不了解父亲，或者说，他根本不认识他父亲。他与别人一样，只是看到套在父亲身上那只变形的壳，甚至连这只壳，他也没有看完整过。苏让从没想过，父亲也有权利选择他想要的生活方式，有权利用他自己的思维和眼光去观照这个世界，寻求他想要的自由”①。他消除了对女友面相丑陋的心理歧视和压力，在“怎么办？怎么办？苏让抱树而立，将脸贴在粗糙的树皮上，难过得想哭”②的时候，他真切感受到了谢春丽对自己的关心照顾，“不用说，一定是谢春丽。苏让将脑袋捂在枕头下笑起来，笑啊笑啊，一直笑得泪流满面”③。更重要的是，他清楚地意识到了来自内心无法遏制的思念与期待，“他拖着细长的影子，走在柔媚的夕阳之下，以一种前所未有的爱意和温存想念着谢春丽”④。

苏让、苏克修都在“被”中无奈而艰辛地活着，他们没办法要尊严要体面，是生活不由自己“掌控”的“人偶”，只能来风承受风，来雨承受雨。但即便如此，在“夹缝”中压抑度日的他们，最后拥抱了他们的现实，这现实或许如破棉絮般残破，但却是抓得着的仅存温暖——来自情意的温暖。“苏让想起了人们常说的理想与现实的悖论。对于此时的苏让来说，理想是那边赏心悦目地吃烤红薯的美女，现实则是藏在身后突然跳出来吓人的谢春丽。但他深知，自己能有的唯有现实，所要

---

① 李清源：《苏让的救赎》，《当代》2015年1期。
② 李清源：《苏让的救赎》，《当代》2015年1期。
③ 李清源：《苏让的救赎》，《当代》2015年1期。
④ 李清源：《苏让的救赎》，《当代》2015年1期。

的，也只是现实。他张开双臂，将谢春丽揽在怀里。”①

李清源通过苏让写的是苏让们，通过苏克修写的是苏克修们。他尊重并尽可能深入地理解、体会他们作为个体的生命，他们的家庭、性格、人生遭逢，他们经历这些时的喜怒哀乐，他们爆发或压抑下去的委屈苦楚……但他们是“们”，他们的生存状况是“们”们共同的时代宿命。那么，这是种什么样的生存状况呢？“他们的生存状态是如此尴尬和困窘。他们所面对的，是进不了的城市，回不去的故乡，以及由此而衍生的深沉如海的无归属感。”②这群被送上时代祭坛的羔羊，承受着比前辈人更苦而无着的内心煎熬和灵魂流浪，祖辈生活的老家已经凋敝，农村和农村人的生活延伸进了城市，但拥有一个钢筋混凝土的城市之家，融入这巨大丛林的环境里，也很难啊！“出走乡土使他们割断了血脉所系的根，投奔城市却又得不到承认和接纳，他们成了夹缝里的人。——该有多么巨大的裂缝，才夹得下这数以亿计的‘边缘人’啊！”③他们过于被动地活得“踉踉跄跄”，他们的命运等待着被救赎、被改变。

每每谈到这个社会问题的时候，李清源就会有些热烈，微

---

① 李清源：《苏让的救赎》，《当代》2015年1期。

② 李清源：《漂泊在城乡之间的“苏让”们——〈苏让的救赎〉创作谈》，《中篇小说选刊》2015年第2期。

③ 李清源：《漂泊在城乡之间的“苏让”们——〈苏让的救赎〉创作谈》，《中篇小说选刊》2015年第2期。

微激动，略带嘲讽。他在小说中将写作背景隐得很深，但那是人物生活之流下的坚硬河床，读者看得见鱼来虾去、水草漂摇，但看不见那河床暗自决定着一切。在创作谈里，李清源直接表达自己观点的时候，会经常对这“宏大问题”的河床发出响声，他想探讨小说的时代背景，他想让人们明白他写作时的良苦用心，他希望读者能在头脑中勾画出苏让们的“生存状态”与时代背景间“比较清晰的逻辑关系”。真是“知我者，谓我心忧；不知我者，谓我何求”！写作方向明确、表意目的坚决的李清源，“路曼曼其修远兮”，去让“心灵在虚空中游荡飘忽”地“上下而求索”吧！

在目前的小说创作中，有些作家时时回头望，在怀念贫穷而温情年代的乡村生活中，掬一捧“再也回不去了”的怅惘热泪，他们对未来一片迷茫；有些作家的目光黏着当下，却无法穿越现象层的繁乱芜杂，他们写尽了众生相的千姿百态，然后带着与普通读者一样空慌而急切的眼神，着意于攫取眼前手边的诸种名利，他们也裹挟在了对看得见的实利的追逐努力中，一个大群体的未来因为大而邈远，就被“边缘化”在了他们的胸怀之外、思想之外。但是，关于整体的未来意识和未来判断，一定是现在作家思想境界高下的标准，起码是之一。而李清源写的是此刻，心里怀的却一直是未来。他深深明白“民众的生存状态，则是衡量一个国家是否文明进步的重要依据”，因此他更忧戚现在，现在的苏让们的生存状态，说明了什么？那么未来呢？未来的苏让们该有什么样的生存状态，才标志着我们这个国家的"文明进步"？李清源希望，未来的苏让们，起码要有被重视和保障的人作为社会生命体要有的尊严和权利。

第四辑

浓墨一个不该被文学遗忘的主题

——论鬼子对侠义精神的自觉表达

鬼子的作品有种不动声色的大气。他郑重坚韧地一再书写着心中的“瓦城”，并不只为表现当下底层大众的生存困境，但是许多人评论鬼子的作品时拘泥于对苦难主题的解读，那样就有些遮蔽了对于他作品境界的体验和认识，也低估了他作品的精神价值。鬼子真正的文学追求还要高远：唤起或者拯救。苦难生活只是他写作的出发点，他想到达的是本真人性、善美人心重构的渴望，所以一方面他把人心的失范写到极致，写到震悚才可以惊动长久的麻木；另一方面他又在对比中深情讴歌潜藏在民间底层的侠义精神，写到让读者灵魂震惊，撼动有“自我中心”思维的人们反省那迷失了的人性。

本文着力阐述鬼子作品被人疏忽的重要主题——侠义精神。这其实也是中国文学源远流长的一个重要主题，只是当下被大量作家因为某些原因遗忘了。

不可否认，与儒释道一样，侠义精神是中国传统文化的一个组成部分。就侠义的历史表现而言，其指向散漫多义，有为国为贤臣鞍前马后的忠侠，有为百姓劫富济贫的盗侠，有为知友抛头洒血的义侠……但无论哪种，侠义精神的内核最终都指那种无己为人的向他性品质，指无条件的助人脱困的行为。时至今日，种种原因，侠义精神好像在当前文学中缺失，在人们的心灵世界中绝迹。“一个民族文化传统的死亡，一种文化传统中‘义’的死亡。那个叫‘义’的孩子是确实被缚在墓地树旁的。”①侠义精神在中国社会大众中保持了几千年，其热度在今天真的消失于物欲弥漫、自我情结膨胀的冲天烟雾中了吗？作为中国传统文化与国人精神人格建构的重要一面，侠义精神在今天人们的精神内核中真的无迹可寻了吗？想来让人很不甘心。让人惊喜的是，鬼子凭借其对文学精神追求的执着，重新在小说中阐发侠义精神，使其不至于成为武侠小说的专利。另外，对社会的深刻了解让他把这种精神落实到了民间。事实是，历史不断洗礼排挤，侠义精神最终也只能在民间小巷的普通人血脉里栖居传承。鬼子作品中普通人身上的侠义精神既表现出传统文化对民族性格的哺育渗透，也表现出与当下的文化精英们不断倡导的人道主义同质的特征，其

① 何向阳：《夏娃备案》，山东文艺出版社，2004 年版。

人性化内涵显而易见。侠义精神散见于鬼子的众多作品，但是《被雨淋湿的河》《瓦城上空的麦田》《疯女孩》《狼》四篇小说是鬼子欣赏的侠义精神的集中展现。我无法形容自己阅读这些作品时内心的震撼与欣慰，如一个久行沙漠的跋涉者突见脚下一汪清泉的欢喜。

鬼子关于侠义精神的文本表达

侠义精神是鬼子作品被人忽略的一个重要主题，也是被当下写作久久遗失的中国文学的重要主题。所以他责任当头，浓墨重彩，层层渲染，使这种精神在他的小说世界里熠熠生辉。揭示黑暗并痛心疾首是鬼子的特点，但他的文学精神可贵之处在于于绝望处写出希望，让文笔探索得更远，挖掘得更深。具体而言，鬼子在作品中把侠义精神落实到普通人甚至底层弱者的人性内涵上，侠义精神的文本表现，渗透着他对这种精神现实意义上的人性化理解；侠义者形象的象征意蕴，又寄寓着他对侠义精神在物质社会存在困境的体悟和命运流向的深切担忧。

1. 侠义精神在文本中的表现

侠义精神的可贵之处，首先是发于超越亲情小爱范围的大爱，眼见他人的困厄就不由自主倾其心力帮扶到底的行为，只因路见不平，便拔刀相助，他人之苦我来担，他人之辱我来当，无丁点利弊权衡，无片刻左右犹豫，生死不论，艰难无阻，这是人性质朴充盈的善的强大内驱力使然，也是中国传统文化哺育的做人气节和境界使然。在作品中，鬼子通过四个人物平实默默的行动生动地阐释了他所理解的落实在民间的侠义精神的内核特征和精神实质。

鬼子对侠义精神的诠释，首先体现在两位血性少年的行动中。《瓦城上空的麦田》中胡来城眼见得李四一天天憔悴，心中难受，就一次次陪他想方设法去获得子女的承认接纳，出点子、跑腿，去找李四的子女们说明真相，挨打受疼还要去，最后在李四惨死的时候自己充当后人埋葬了他。对来城这孩子内心纯净的善与幼肩担道义的侠义情怀，鬼子给了难得一见的温暖的赞许，有饱含深情的句子为证："从古南门回来，我的脑子里也经常飘荡着李四的那些麦田，我想象着，如何把那些麦田，一块一块地拖下来，然后铺垫在李四的脚下，铺展在李四的身边，让李四轻轻地抚摸着它们，让李四在上面任意地走来走去，累了，他还可以躺在上面呼呼地睡着他的大觉，一直睡到月亮升起的时候，才被那些麦田慢慢地托起，托起，然后在夜风中晃来晃去，晃来晃去……"①《被雨淋湿的河》中的晓

① 鬼子：《瓦城上空的麦田》，《人民文学》2002年第10期。

雷满腔热血，性情不羁激烈，有一种少年义侠的凛然英气，他用鲜血和生命向着不义的世界挑衅，拼尽全力地抗争。面对杨老板的拖扣工资，晓雷决不选择忍气吞声，去找杨老板索要不成还受气遭辱，争执中一刀杀了他。匆匆奔逃至广州的一个服装厂，又遇老板呵斥工人下跪并侮辱一个女工的人格，晓雷挺身而出。老板赶走二人，后要晓雷自己去拿工钱，“晓雷的嘴上就又骂了一句，他想我要是不去，就证明我晓雷怕他，我为什么要怕他？钱是我的，那是我的血汗，他就是咬在牙根上，我也要把它敲下来！”①这种理直气壮、毫不畏怯地面对不义的有为刚性，是血液中最高贵的成分。只是很多人在生存的洗礼下，在强权的压迫下，在名利的诱惑下，自愿地将这些成分弃如敝屣了。晓雷回到老家，帮父亲这帮可怜的乡村教师讨要工资，非要查个水落石出。他在局长一个亲戚开的煤窑上打工，找出局长与亲戚串通挪用教师工资的证据。于是，晓雷被人设计，在井下遇到了瓦斯爆炸。“最后，他只好把晓雷埋在了石头后边的一个窝坑里。”②他那软弱怕事的父亲陈村使这热血白白淌了一片，却洇不红这苍黑的大地。但他用生命谱写的“义”字从眼前的字面上凸起，鲜红红的一个大写的“义”，是这个小说震人心肺的魂魄。浓烈到极致的青春，潦

① 鬼子：《被雨淋湿的河》，《人民文学》1997年5期。
② 鬼子：《被雨淋湿的河》，《人民文学》1997年5期。

草到极致的收尾，起落的反差我们开了读者追问怀想的思维。我们在麻木中穿梭日久，以为人性中毫无所求的光芒、品质中毫不迟疑去担当的侠义早已稀缺绝迹，可在来城、晓雷身上，我看到了。这两个少年是鬼子深情吟唱的人性本真的天籁绝唱。

鬼子对侠义精神的诠释还表现在两位老人对孩子视为亲生般的不离不弃的生命关怀上。《疯女孩》中的“我”遇到疯女孩黄小麦，“我”忍受同事们的嘲笑，不厌其烦一次次地帮助疯女孩黄小麦，看病、寻磁带、找父亲等。这是一个长者不忍见孩子陷于生活困境的慈悲心怀，是无论何时无论何地不愿放手的责任感，是能用自己的神经感受别人痛苦的可贵品性。值得注意的是，鬼子在此文结尾处暗示：帮助别人亦是对自己灵魂的洗礼和超越，是通向人本真心性的途径。这里有鬼子的句子为证：“她也像那几个孩子一样，把衣服高高地举在头顶，慢慢地往河里游去……我不再迟疑，也一边脱了衣服，一边赤条条地往河边走去，阳光在我的脊背，痛快淋漓地发出一阵阵撕裂的脆响，我激动地不由抖擞了一下，然后学着他们的样子，举着衣服，慢慢地游进洒满阳光的小河之中。”①“我”借帮助他人的善举把自己渡到了人性本善的生命境界，这是否

① 鬼子：《疯女孩》，《作家》2005 年第 4 期。

是鬼子对迷途灵魂的一种方向性指引?《狼》中,余福贵回家途中看见一个躺在小篮筐里刚出生没有几天的女婴,“余福贵摸了摸她的小手,那小手软软的,余福贵觉得那小手像什么,但说不出来,便把一根手指轻轻地放进她的一只小手里,那小女孩像抓住了什么,一抓就抓紧了”①。老人的心一阵颤抖,再也不忍撒手、不能撒手,把女婴带回家中。后来知道孩子有病,他迟疑了一番还是没舍得抛弃,更加疼惜,倾家荡产为她治病。她死去后,福贵被打垮了,小女孩已经成了他生活的全部意义,是溶于他生命的一部分。这就是鬼子最终落实在民间的平凡人身上的侠义精神,不是剑拔弩张、横眉冷对、流血牺牲,却是实实在在地在别人需要的时候不顾惜自己生活是否受累,抓住不放手,尽己所能,直到最后。其实,侠义精神跟坚强一样,是人的内在特质,跟是否足够粗犷的外形、性格、言语等无关,是一颗心所具有的热度与广度。所以,侠义精神强大的民间期待就在这里,弱者得到的是能改变生活甚至命运的实效性帮助,侠义的可贵与难以被许多人身体力行的原因也在这里。人们对自己过于看重,顾念太多,私心太重,侠义所付出的代价大得让许多人害怕,自觉疏离忘却。

由此可见,侠义精神的难度在于它实质上的高度和需要

---

① 鬼子:《狼》,《作家》2007 年第 1 期。

的持久性，这是常人理解的能达到的所谓“善”远远不及的。“只要我们感到自己有同情心，我们就会感到自己不是痛苦施加者的共谋。我们的同情宣布我们的清白，同时也宣布我们的无能。”①这是苏珊·桑塔格关于同情的犀利阐释。在此，我怀有同样的不满与质疑。可叹的是，现在的俗世之人常常把对自己善的要求降低到最基本的同情的层次，这和侠义就好比珠穆朗玛峰的奇崛和辽阔中原的平坦，相差甚远。很多人自足于自己有善心并且把善心止于见人危难时的心头一软和几滴眼泪，就像《祝福》中的那群鲁镇女人，一遍遍地问祥林嫂阿毛是怎样死的，一次次地陪她唏嘘落泪，既证实了自己所谓的善良，从此心安，又拿别人的苦难消遣度日。一遍遍地同情感怀后，伴着自己未曾遭遇的隐在的欢欣与庆幸，她们最终使能感受别人痛苦的善念之神经触角钝化消失，最终沦为视而不见的冷漠与麻木，然后是充当别人痛苦的观望者。善念若只是刹那间感觉的一闪，本质就是毫无意义的无所作为。侠义精神的可贵就在于它强调的是有为，是完全向他性的豁出一切的追求结果的社会性行为。侠义者有坚定的意志，在当下世道，侠义常常更需要坚决的意志和面对更多的艰难，但价值就在这里，它常常能使困厄者获得实质性的生活改变和

① 苏珊·桑塔格:《关于他人的痛苦》，黄灿然译，上海译文出版社，2006年版。

命运向好的转折。侠义精神有更果决更彻底更高洁的特征。

2. 侠义者形象的象征意蕴

在这四部作品中,鬼子对人物身份的设定深具苦心,内置着作者对人物类群的认知倾向和情感倾向,深蕴着作者对侠义精神现实命运的观察和思考。人物的身份和社会遭遇象征着侠义精神在当前社会中的没落命运,社会下层人物的侠义精神又表达了鬼子对底层普通人的人性信任和尊敬。在这几篇小说中,作者还通过对绝大多数人的麻木和冷漠甚至残酷形象的刻画说明他们对本真人性的疏远背离,对侠义精神的遗忘抛弃。

在文本中作者设定的这四个人物无论从年龄还是身份都是不入主流社会的边缘角色。胡来城是十几岁的流浪少年,在瓦城捡破烂为生;晓雷是个十八九岁的少年,四处打工为生;"我"是一个年近古稀的老者,在瓦城精神病福利院做支援医生;余福贵是与老伴相依为命的老人,在农村艰难度日。身份应该是社会赋予人的外部特征,好像衣服,虽然华丽或者寒酸,都无关乎血肉脏腑的本质。可鬼子对晓雷等这四个人物身份的界定却刻意执拗并深含苦心。这身份的如此安排意在很好地诠释鬼子对侠义精神当前命运的观察和忧虑。此四人全是游离于主流社会之外的边缘者,是大多数人思想观念构成的新的社会主流意识形态下的异类或者隔绝者。他们的身份和现实遭遇就是侠义精神在经济浪潮裹卷侵蚀人们头脑领地的商品时代被绝大多数人遗忘抛弃的遭遇和处境。此四人是社会中力量单薄的个体，被他人不以为然地忽视，被他人毫不顾惜地打击，被他人毫不客气地讥讽，这表明侠义精神在当下被嘲笑被孤立的尴尬处境。李瓦肆意虐打来城并理直气壮，打得鼻青脸肿还不罢休，“他忽地就站了起来，猛地一脚就踢在我的大腿间，踢在我的东西上，让我感到彻底的酸疼，但我不敢大声尖叫，你越是大声尖叫，他就会越加地踢你，我只是咬着牙，我夹紧了腿，我拿屁股在地面上胡乱地搓着”①。晓雷外出打工，先是被骗到一个矿上出苦力，被乱扣工资，后来来到一个服装厂，厂长叫嚣着让所有工人下跪，回家为调查父亲被拖欠工资的真相而被阴谋害死。社会加诸在这两个孩子身上的是太多的冷酷无情。《疯女孩》中的“我”是一个外籍的支援医生，可这身份无碍他在瓦城遭遇那与来城同质的状况。“我”在瓦城的街上碰见了“疯女孩”黄小麦，她被人随意地耻笑打骂，“我”把她领到精神病院，以平等的眼光待之，以体恤的温情怜之，真诚聆听她的心声。这是与精神病院的其他医生护士完全不同的态度，他们以他们的行事标准为正常，断然判定“我的脑子已经反常了”。瓦城就像中国当下社会的

---

① 鬼子:《瓦城上空的麦田》,《人民文学》2002 年第 10 期。

一个缩影与象征，倾尽心力帮助他人者处处遭受众人的嘲笑和欺凌。众人无视他人的痛苦，粗暴地以自己的思想观念评定他人为不正常，是多么可笑的妄自尊大与浅薄！鲁迅曾说："造化生人，已经非常巧妙，使一个人不会感到别人的肉体上的痛苦，我们的圣人和圣人之徒却又补了造化之缺，并且使人们不会再会感到别人精神上的痛苦。"①这些人对"义"和"善"有眼不能见，丧失了对他人善的感知能力，更丧失了自我检视的能力与意识。他们在不义的道路上无知无觉地越滑越远。由此可见，侠义精神在当世是被抛诸九霄云外的敝屣，人人争穿的是那如何谋名取利的便鞋。"自我中心情结"膨胀的时候，他人就不在挂念之列，侠义这种无己利他性的精神就没有生存繁衍的土壤和空气。在不义遮天蔽日的时候，义只有退至角落苟延残喘或者从此消泯下去，侠义精神的命运在熙熙攘攘皆为利来利往的人群中，生存处境窄仄，呈现危险态势。

意味深长的是，此四人的身份寄寓着作者对最底层百姓的脉脉深情与理想人性的信念，预示着民间是寻找人性迷失者如何返归美善人性的唯一途径。两位少年，带着人性最初的质朴与纯净，心中的侠义情感还能健康地生长。两位老人，在历经沧桑的古稀之年处于人性的本真状态，侠义情怀与他

---

① 鲁迅：《鲁迅论创作》，上海文艺出版社，1983年版。

们的灵魂融合为一。此四人，在大多数人之外，孤独地默默地尽力地帮助着别人，侠义精神在底层静静地绽放，那低矮的金黄色夺目的小花散发着清幽绵长的芬芳。“沙漠多么荒远，沙子何其粗砺(粝)，但在某种意义上，它们又是最干净的，最能澡雪精神，恢复自然人式的纯真感。”①徒步探险的余纯顺也曾经说过：“许多年来，我一直苦苦寻找的人与人间的那种朴实真挚的情感，在这个地方，竟储存的这样充分！”本真人性中那最质朴的情感为什么在这些地方这些人身上存在？民间，只有民间，还有那人情温暖的气息，这气息让人心醉，虽然也日益稀薄得让人心碎。底层民众，才是那真正具有人之为人本性的值得尊重的类群。这是许多作家写作的情感倾向。只有民间，才是传统文化精髓最好的繁衍传承地。

让人气短忧长的是，即使在民间，侠义精神也呈现日渐式微的残喘状态。义与不义，因为人的选择数量的悬殊出现了极度失衡的状态。义，在周遭的不义包裹下难以喘息，生命的脉搏微弱得随时可能沉没，侠义如鲁迅笔下黑衣人豆粒般大小的两粒磷火，无抗衡四面八方来袭的恶风的力量。所以，鬼子虽然浓墨重写侠义精神，但却深感其前景并不乐观。

鬼子通过这四个人物的年龄预言他对侠义精神未来命运

---

① 雷达：《雷达散文》，浙江文艺出版社，1999 年，第 95 页。

的深忧。来城、晓雷是两个被欺侮或谋害的少年，来城会接着长大，再经些被世人欺凌的事故后，他还会忍辱带痛地为李四们的眼泪奔走忙碌吗？晓雷死了，他的孤魂在地下直愣愣地争着两双无论如何也闭不上的怒目，丧命于不义者的卑鄙陷害，沉冤于父亲在不义欺压下习惯性的隐忍息事。“我”是一个年迈老人，“我”死后还会有谁怜惜帮助那脏兮兮疯癫癫的丫头？余福贵疯了，他承受不住老伴和小女孩一个个离开的结局，不幸的生活经历像条恶狼，狠狠地咬噬着这位善良老人的心，他无心无力面对他用心呵护的亲人离去的结局。在这些作品中，人物的命运象征着作者对侠义精神的强烈渴望与悲观展望的痛苦矛盾。侠义精神也许会随孩子的长大世故而变质递减，会随逝者的生命不在而悲壮消逝，会随老人的终将离开而渐渐消散于俗世轰轰烈烈的不觉中。这是鬼子最不愿看见的结局，也是他一次次坚持书写的原因。

鬼子侠义精神书写的当下思考

为什么如今大写人性壮美的作品那么少呢？我脑海中忽然闪现了朱晓平的《桑塬》和张宇的《乡村情感》。这两部小说都发表在 20 世纪的 80 年代中后期。饲养员金明视牛为儿女，精心呵护，老牛“豁子”死后他发烧昏迷，全村人也呜呜地哭。人与动物相依相惜的真情好似已经只在人类久远的梦中了。张树声和郑麦生一世兄弟，郑麦生患癌将死，张树生为让老哥临去安心，不避血灾，把女儿嫁了过去。这一份蒸腾着人间至义热气的情感，再也难以寻觅了。时光的列车跑得太快，眨眼间就把这动人的情景抛在怎么也望不见的过去了，而四周充斥屡现的是人极度膨胀的自我高等意识下那并无痛觉的肆意虐杀动物的现象，是全身心投入忙碌谋财而淡漠稀释了的人间情分。

当下文学为什么在精神追求方面如此不振呢？雷达认为当下文学“并不缺少直面生存的勇气，并不缺少揭示负面现实的能力，也并不缺少面对污秽的胆量，却明显地缺乏呼唤爱、引向善、看取光明的能力，缺乏辨别是非善恶的能力，缺乏正面造就人的能力”①。当下普遍性的精神追求匮乏、作家灵魂写作的不在场现象确实令人担忧。市场经济主导下的名利效应能量巨大，作家少有疏离抗衡的定力，它操纵着作品的命运，从而浸淫作家的心灵场，把物质的旗帜插上他们的头脑领地。作家大多对文学不再心怀坚定信仰，为版税和读者群的随俗写作一度盛行，长久不衰。作家不再关注文学的精神含量，不再追求文学对社会对人们的心灵影响，有针对性地满足

① 雷达:《关于当下文学的症候分析》,《光明日报》2007 年 7 月 5 日版。

大众感官刺激和熨帖俗众心理的认同性写作呈主潮趋势。文学能完全纳入消费规则吗？按这种生产机制运行文学，创作出来的还能是文学吗？其存在的意义和价值还有吗？衣服的流行浪潮能快速地此起彼伏，人类的精神及负载这种精神的文学作品能如此更迭吗？

鬼子的写作无疑是对作家回归道路的启示，是对文学返回自身寻找生命意义的呼唤，是对作家如何在此刻不至于迷失责任心的点拨。他追求的是文学场泡沫繁荣背后那深刻的民族悲哀不再重演，期盼的是文学的清泉效应重新感染人使灵魂得以升华的社会力量和效果。“我希望自己的文学中，永远有对于人心、人道和对于人本身的尊重；永远有底层、穷人、正义的选择；永远有青春、反抗、自由的气质。”①当下，揭示病苦好像也泛滥地成了某些作家故作严肃的面具和赚得名利的噱头，真诚的探索就不能止于此处而应接着深入下去——指出道路，鬼子对侠义精神的挖掘的价值就在这里。指出道路，人心复归的道路，文学反思的道路，才能使文学真正像一盏灯塔照亮黑漆漆的迷途。

艾米莉·狄金森说：

假如我能使一颗心免于破碎

① 张承志：《以笔为旗》，中国社会科学出版社，1999年版。

我便没有白活一场
假如我能消除一个人的痛苦
或者平息一个人的悲伤
或者帮助一只昏迷的知更鸟
重新回到它的巢中
我便没有虚度此生

文学的精神追求其实和这首诗一样,就是如此朴素平实。

论须一瓜极端化叙述中的冷眼与热肠

当前文学的一个共识性困境和悖论是：文学难以表现现实的复杂与出人意料，难以概括繁杂现象背后芜乱丛生的当代性真实，于是乎，写作主体就直接缩短或者消泯了与现实之间的必要距离，下陷沉溺在琐屑日常的反复再现中。字里行间，日常的俗气明显多了，艺术的灵气明显少了。“这些小说的精神格调与十字街头的喧嚣和厨房里的油腻气几乎完全等同，正如一茬茬的影视明星越来越没有艺术气质一样，一茬一茬的作家正在越来越严重地丧失‘灵’气……他们不幸把小说变成了实用文体，飘袅于文字之上的艺术气息没有了，深蕴于文字之后的精神生命也没有了，文学不再比它所描述的东西多出一点什么，而仅仅与之相等。”①确实，从新写实至今，不

① 摩罗：《我的故乡在天堂：站在自己的墓碑上发问》，珠海出版社，2006，第170页。

厌其烦地叙述庸常生活的家长里短、鸡毛蒜皮构成了文学的常见形态，让人不由自主地对这样的复制性文字心生厌倦。近年来，许多读者沉迷于网络文学，主要原因不是网络文学的创作更优秀，其中很多作品的文字表达其实是比较粗糙的，而是这些玄幻、穿越小说满足了人们对文学作品自由想象力的期待。文学失去了那双借助想象凌空在现实层面之上的翅膀，虽然有对人生困难的真诚关注与叙述，虽然可能是饱蕴着作家心血的结晶，但仍然因为必要距离感的缺失或者不足而很大程度上减损着文学的审美力量。

我渴望不一样的非常态叙述，并渴望新颖叙述中那穿透灵魂的尖锐力量，也许是自己内心的麻木已经层层叠叠的缘故，也许是周围的麻木已然严丝合缝令良知窒息的缘故，我对有穿透力量的作品情有独钟。一行行文字之后，灵魂像被刀锋划过，留下血痕的腥味，像被犁铧耕过，留下沟壑的松软。换句话说，我倾向于极端化叙述，那锋芒毕现的时刻，不为人知的深刻真实刹那间为幽光照彻。余华、阎连科、鬼子等曾经是极端化叙述的代表性作家，他们或将人性放在异样空间的严寒处考量，污点与不堪在特殊境遇中原形毕露，或将苦难推衍至常态不及的深渊处审视，底层所受到的挤压与不平以令人惊悚的震撼形态呈现。目前，文学仍然需要极端化叙述，作品与常态生活的距离仍然是作品必要保持的品性，忙碌营生中的人们心灵感知的钝化与道德思想的堕化，唯极端化叙述凛然文字的撕裂性力量才能让其现出一点真的反应，引起一点悸动中的反省与自审。

极端化叙述是作者有意保持远距离思考，追求有效阅读效果的叙述策略，是作者深谙当前文学的弊端而做出的自我风格选择。在这个方面，女作家须一瓜的作品以极端叙述的特征与文字中令人警醒的力量，成为当代女性作家风格独特的“这一个”。她的着眼点是社会中不为人关注与了解的边缘人群——罪犯、换心者、底层老人、逃犯、蛇居者等，她的叙述清晰而深入地表达了这些人在边缘处孤独生活所承受的生存困境与精神折磨。早在2004年，她获得了华语文学传媒大奖，当时的授奖辞这样表述她作品极端化叙述所抵达的深度：“她深厚的写作积累，丰盈的小说细节，锐利、细密的叙事能力，使她得以洞悉生活路途中那些细小的转折和心碎。她重视雕刻经验的纹路，更重视在经验之下建筑一条隐秘的精神通道，使之有效地抵达现代人的心灵核心。她的写作如同破译生活真相，当饰物一层层揭开，生活的尴尬图景就逐渐显形，在她的逼视下，人生的困境和伤痛已经无处藏身，须一瓜把写作还原成了追问的艺术，但同时又告诉我们，生活是经不起追问的。”须一瓜的小说，起笔陡峭，在罪的背景下，对罪犯、边缘人、突发事件的经历者进行刻骨描述，运势沉峻，笔锋锐利，步步紧逼，掩藏在普通人庸常生活中人性的复杂真实、遮蔽在生活常见处被人忽视麻痹的社会不良和个体不德都被无情地掀起裸呈，都在巧设的绝境或窘境中无法遮掩，无处可退。读须一瓜的小说，不由自主就为她的锋芒恍目，为她的洞察动容，亦为她的追问和悲悯伤感。须一瓜的超越性就在这里，不以常识的判断为然，而去探测另一种可贵的宽阔而复杂的真实；须一瓜的深刻性也在这里，她冷酷的眼光透析出普通人掩藏起来不为人知不为己知却病菌般蔓延的假恶丑。须一瓜的文字外冷内热，好像没有温度地剖析着这个时代人性的自私与残酷、卑琐与龌龊，也严峻地拷问着滋养出如此人性的社会土壤；而这一切的背后，是眼见耳闻所有的不堪后仍坚持追求真善、向往真善的执着之心，是对人们历经艰难世事的同情，是对那些带着罪感煎熬度日以求救赎的灵魂的宽谅与敬赞。

冷眼剖人性审世情

或许是做了很长时间的法制记者的缘故，须一瓜对常人难以承受难以想象的事情表现出严冷的审视与细腻的铺展，她的作品就像一把“不动声色的手术刀”，将人性内核处的阴私与卑微、油垢与脏浊一点点在刀锋下展示，人性那被人主动遮蔽起来涂抹起来的种种，被须一瓜逼到绝处，现出原形。她孜孜不倦、毫不妥协地逼视着现代生活中人们的罪与罚，并进一步追根溯源，将探寻与批判的锋芒延伸至人性复杂表现背后的现实生成土壤，从而揭示人们的生存困境、社会困境与伦理困境。正如何言宏所言："须一瓜小说的一个较有价值的方面，正在于她对社会杂闻或'反常'现实背后人性内涵的深入挖掘，体现出她对人性的复杂理解。"①这个复杂在文本中的具体所指偏重于对人性深处假恶丑的剖析，而假恶丑所体现出的虚伪与自私、卑琐与冷酷，正是须一瓜冷眼观察、蓄意揭露的"表皮下、真皮下、皮下组织、肌肉下、骨头下，甚至骨髓后面，还有一种真。"②。

可悲的是，在须一瓜的笔下，当前的人性和社会的道德生态一样，脆弱得经不起推敲。《淡绿色的月亮》中桥北与芥子本来是一对恩爱夫妻，但一次突然的劫匪事件却让芥子从此耿耿于怀，她无论用什么样的理由都难以冲抵关键时刻丈夫不作为所带来的失望，两个人最终离了婚，男人的血性与尊严淡薄了，自保与自私浓厚了。《提拉米酥》中巫商村在公司堪称是黎意悯的蓝颜知己，不管什么事情甚至男女间的事情都

---

① 何言宏：《重新逼近我们的现实——须一瓜论》，《上海文学》2005年第11期。

② 须一瓜：《我在建造我所认识的世界》，载《小说选刊》杂志社选编《2004中国年度中篇小说》，漓江出版社，2005，第525页。

可以向他倾诉，他总是以其沉稳给黎意惘出谋划策。但因为一次他拿误餐费垫上的捐款钱280元，她没心没肺好像完全忘了，他心里就产生了微妙的变化，及至在领导准备提拔她时说出了含蓄而关键的不利言辞，最终这个提拔泡了汤，这场友谊也泡了汤。利大于义，还是义大于利？现代人好像生活得越来越实际了。《有一种树春天叶儿红》中，陈阳里是个居委会文书，家庭生活的耳濡目染让她不相信也不屑于所谓的两性间的真爱。父亲有外遇，离开了母亲，母亲是一个疯子，哥哥与嫂子似乎也没有爱情可言，哥哥在外面有不止一个女人。有一个人例外，就是她的顶头上司居委会主任杨鲁芽，杨鲁芽其貌不扬，丈夫童大柱大她十五岁，据她说丈夫对她非常好，夫妻恩爱，这让大家很羡慕，却反而让陈阳里心生反感和怀疑。于是她开始想方设法诱惑童大柱——一个六十岁的毫无吸引人之处的退休老人。最后得手，与童发生了关系。她用这个实验证明着爱情婚姻的不堪一击，也击碎了自己对庸常生活那最后的眷恋，于是就灰心失望结束了自己的生命。忠贞不渝的情感，真成了遥远而浪漫的幻梦了。长篇小说《太阳黑子》中卓生发在一次火灾中，有机会但没有去救自己的家人，后半生良心惴惴不安，自欺欺人地用作秀般宠爱小猫小狗，警惕而仇恨地力证周围人的罪孽来证明自己的无辜与善良，但他内心的痛苦与不安却不会因此减少，噩梦仍然频频出现。自私怯懦的灵魂以新的伤害来证明着自身的不可救赎。

人性确实芜杂难尽,但这个年代人性轻易过不去的沟坎不仅是本性的自私使然,更多的是社会环境的浸染使然。原因的追踪让须一瓜对这个金钱横行的世道不遗余力地鞭笞与讨伐。人性的生成也需要阳光、雨露与土壤,而带有毒性的土壤滋养出的人性之恶,让社会与人心都付出了惨重的代价。《太阳黑子》中,须一瓜在有罪之人的赎罪善行之外,涉及了普遍的时代丑恶现象。比如贪污腐败和量刑不公,常胜因受贿数百万身陷囹圄,但他坐几年牢就没事了,所以伊谷夏悲愤地对杨自道说:“知道吗,你会死,而常胜不会死!我哥说,很多政府官员、司法人员,案发被刑罚清算出来后,都做生意发了大财。他们是有毒的,可是,他们一样活得很好。这个世道,这个有毒的世道,你们为什么不逃跑?!”[①]比如日益突出的食品安全问题,地沟油不仅进了小饭馆,排场的大饭店也比比皆是。再比如人心不古和信任基础问题,杨自道没交给保安二百元钱,拉客时就被穷追猛打,搭乘的乘客嘴里说着感激却给了一百的假钱……

须一瓜也只能给出真相,无法改变这事关每个人生存的局面。文学力量的强大在这里,揭出病弊引起注意与醒觉;文

① 须一瓜:《太阳黑子》,上海文艺出版社,2010,第371页。

学力量的弱小也在这里，无法形成实效性的行动力量，事情的扭转可能最终还要指望权力运作上的肃清与改良。

热肠悯人生向真善

跟鲁迅对周遭的痛斥批判一样，须一瓜冷眼的背后是一副热肠，是对众生人生艰难的悲悯，是看向美好未来的顽强希冀。作家的精神可贵就在这里：无论文字的外壳如何坚硬，其内在的质地却总是非同寻常的温热与柔软。作家写出现象的最终目的并不是为了“判决”而是为了“改变”，作家也不是为了充当“审判”而是为了“指出返途”。因此，须一瓜在指斥人性之恶的同时，也以温婉的文笔点燃着人性美善的那点亮光。

尽管须一瓜的笔锋有时带着一股森森凉意，但她的内心对许多社会边缘的弱势个体却倾注着温柔的同情与关爱。《乘着歌声的翅膀飞翔》中，须一瓜巧妙地通过换心手术并行展开了关于两个少年的故事：一个性格温顺家庭贫困的深山孩子金河，如果不靠社会的救助他的生命就将消失，另一个生来残疾，遭到父母无情抛弃而沦落为社会不良少年的薛涤，在一次抢劫中失手杀人。这里，须一瓜肯定心意难平，孩子的成长之殇——在缺乏保障的社会和缺少关爱的家庭中，他们的少年生命就做了这无情无义世道的无辜祭品。两个孩子的痛苦、无助与渴望，谁能听得到？《老的人　黑的狗》中，老人在一条狗的帮助下到老伴坟墓边给自己挖坑，然后就从高处自坠下去。只是因为一张隐瞒下的存条，儿子儿媳们对她极不满意，误解、疏远甚至仇恨她，她贫饿难忍也无人问津。这里，须一瓜除了谴责亲人间关系冷漠、缺乏宽容关爱，更多的是怀着莫大的伤感为老无所依的乡村垂暮老人唱一首凄凉的挽歌。《穿过欲望的洒水车》中，和欢的丈夫一夜间从人间蒸发，活不见人死不见尸，最后和欢接到通知已经是一年多以后，面对的还是麻木的医生和警察，没有人想到亲人的音信全无对当事人是多大的折磨与煎熬。这篇小说中，须一瓜悲悯地提取了蚁群生存的卑微和漠视。《蛇宫》中，晓菌和印秋这对姐妹为了挣钱，挑战吉尼斯世界纪录，将自己跟千条毒蛇关在一个密室，同吃同住，她们在公园游人的眼睛里好像很平静，但一个男人的屡次出现却打破了这种平静，印秋崩溃而疯狂地撕咬着毒蛇和晓菌。须一瓜在写出印秋变态的同时，也写出了这两个底层女孩子生存的艰辛。

因为悲悯，所以希望每个人都能生活得很好，希望世间的真善美遍地开花。当然这有些痴人说梦，但须一瓜确实向往着灵魂的真善与社会的健康。她追求真善体现在两个方面：一个是对人性美善的吟咏，一个是对在罪孽中获得涅槃的回归指引。

她的两篇农村题材的短篇小说《老的人　黑的狗》和《海瓜子，薄壳的海瓜子》就是不遗余力地歌咏着这片土地上的人性之美。很奇怪，一直到现在，很多作家写人心真善之光明的时候，总在他们深情凝眸乡土生活的时刻。也许，在嬗变的乡村，在动荡的风起云涌的城乡交会中，那乡间的宁静处，那平凡的质朴间，仍有动人而温暖的发自原始的光芒闪烁。老人年迈苍苍，孩子们仇视伤害她，但她怀着对自己的责备和对孩子的宽谅，了结了自己的生命。老人临死前的那个煮鸡蛋，是跟黑狗共享的。老人无助而无私，她悲痛着儿子们的辛劳与不幸，从未萌生任何怨气与指责。黑狗在老人生前给老人做伴，在老人死后还一直在高地等待那突然消失永不再来的羸弱身影，狗身上散发出来的洁净的爱的光芒，是对人世昏昧了的心的照亮。公公偷窥了晚娥洗澡，丈夫阿青狠狠打了公公一顿，但晚娥还是忍不住可怜公公，阿青虽然外表冷狠，还是惦念着父亲的衣食。后来晚娥怀了孕，公公晒了很多丝瓜准备给他们做一张席梦思。一家人的亲情，因为一个女人的纯善，虽有波折却显得让人羡慕，虽然贫穷却其乐融融。在这里，须一瓜用这些底层人物生命原初的宽容温厚启示着社会中人性缺憾的弥救方向。

与北村一样，须一瓜还重视在叙述中逼出被人们常常忽视的罪感，通过罪感的反思与救赎指出一条人性脱出泥沼的途径。《太阳黑子》中，须一瓜探讨的核心就是罪。在这个主题中她深思并追问着我们处身的这个世界，追问着每一颗麻木的灵魂。罪孽意识，有没有？赎罪行为，有没有？法律上的规定之外，灵魂意义上的回归之路却布满荆棘，反省中坚持前行的勇者、善者才能到达那境界——清醒的安宁。《太阳黑子》有热度，有光芒，是一朵盛开的洁净的人性之花，而这朵花的土壤却是——罪恶。小说的主人公是三个年少时无意犯下强奸灭门案的好朋友：杨自道、辛小丰、陈比觉。三个人逃亡了十几年，杨自道是的哥，却乐于助人，帮助他人能舍上自己的性命；辛小丰是协警，机警勇敢，认真负责；陈比觉在鱼排上工作，爱好天文，探测星空是他的梦想。他们三个共同收养了一个弃婴叫尾巴，把她当作受害女孩转世来小心呵护，尾巴有病住院，三个人尽心尽力想办法救治。最后，他们知道将要被抓却不逃跑，从容地等待着良心安稳的时刻。他们自觉有罪，所以更加心存善念，更加无私无畏，更加拼命救赎，灵魂的自知自省比起心中有恶却麻木不觉，伤害他人却安然坦然来得更加高尚可敬，若论人之为人，他们比一些法律意义上的无罪者更当之无愧。当时代的物质繁盛吞噬着人文精神的生长空间，当人们的物质追求迟钝并淹没着人心的良知反应，三个人给出了启示：在负罪感灵魂的不安中，在强烈救赎的渴望里。笔锋间，须一瓜态度明朗地对他们给以赞许。“须一瓜之所以会对他们的赎罪灵魂充满敬意，乃是基于这样一种客观事实，那就是，在现在这样一个道德沦丧、精神崩溃的社会现实中，如此一种真诚的赎罪之心实在显得难能可贵。”①不由让人想起陀思妥耶夫斯基的经典《罪与罚》，陀思妥耶夫斯基是在阴暗中摸索人性的亮光，须一瓜也是如此，她心怀善意，为这绝望的灰凉而高擎亮光，希望烛照出一片希望。负罪不容易，心灵经受的折磨会煎熬得人日夜难眠，是难以忍受的痛苦，灵魂最终都渴望安宁。那就忌恶言恶行，扬善言善行，让世界多些温暖，多些关怀。须一瓜特别看重这难能可贵的罪孽中盛开的人性之花的光芒与芳香，所以她才有往深处执着挖掘的坚韧不休，就像谢有顺所说：“她那样一种孤绝的、一往无前的探索，追问人性底下那点亮光、那一个阴影的这种动力，确实比很多作家都要强大。”

文学何为？这是一个被探讨了很多次的命题，也是使很多作家和评论家陷入深长沉思的命题。我想，就当下的社会现实而言，市场化诱使文学媚俗化，众多因素又迫使文学边缘化，但文学还要高擎社会大义的担当使命，一方面保持警醒与热忱，以艺术的方式勇敢地介入社会生活，不仅要敢于表达民

① 王春林：《对于人性与社会的尖锐追问——评须一瓜长篇小说〈太阳黑子〉》，《扬子江评论》2010 年第 5 期。

众生存中所遭受的苦难、不平与屈辱，还要敢于表达我们内心真实的质疑、否定与愤怒，怀着对芸芸众生、国家民族的大爱嬉笑怒骂，回应苍茫人生中荒凉灵魂的心灵渴望、精神渴望，甚至勇气渴望、力量渴望，向灰暗的人生投一抹温情脉脉的光辉，给痛苦中的灵魂一丝安慰与抚摸；但另一方面，文学仍然要坚持自我独立的审美品格，不因社会繁杂而堕落，要以自己的诗性品格关照世俗生活，以文字的诗意和情感的诗意营造出不庸常的想象世界，在艺术之灵的轻舞飞扬中创造出托举灵魂、滋养性灵的审美世界。

难以开放的精神之花

——论奈保尔的《B.华兹华斯》

不知为什么，奈保尔的创作总让我不由自主地想起鲁迅先生。也许是同样坚硬的文字质地，也许是同样持久炽热的现实关注情怀，也许是同样敏锐深切的社会人情洞察，也许是同样不留情面的批判锋芒？也许是同样自觉严肃的“格式的特别”。当然，两者之间具体作品的异质性更比比皆是。奈保尔，这位2001年诺贝尔文学奖的获得者，这位印裔特立尼达生英籍作家，因其生活的种种劣迹和作品中的批判倾向引起了种种争议，但还是因为其“将逼真的叙事艺术和验证的观察能力结合于作品之中，驱使我们去认识那被掩盖的历史的存在”的艺术魅力，征服了许许多多的读者。奈保尔的前期作品主要有《神秘的按摩师》《埃尔韦拉的选举权》《米格尔街》《毕司沃斯先生的房子》等。这个时期的作品因为有其生活记忆的沉淀，在不满的批判和强烈的否定文字后的是一双含情脉脉的眼睛和失望感伤的忧郁。奈保尔后来的创作以游记为主，“但他的游记不是普通的游记，不是对异国风光、民俗、生活方式的浮光掠影的记录，而是对多个后殖民社会的社会形态、社会心理的深入剖析”①。《中间通道：对五个社会的印象》以及“印度三部曲”（《幽暗的国度：记忆与现实交错的印度之旅》《印度：受伤的文明》《印度：百万叛变的今天》），在这些作品中，他轻易地打通了虚构和非虚构的界限，以一个“无根”“漂泊者”自由而开阔的世界性文化视野在游历中寻找着印度这个殖民地后殖民时期生活真相的弊病，苦涩而激昂地沉思着后殖民生存的文化和历史问题。在《在信徒中间：一次伊斯兰之旅》《超越信仰》中，他质疑和否定了所见到的非阿拉伯地区的伊斯兰教国家原教旨主义狂热。另外，他在著名小说《河湾》中对后殖民时期非洲国家的混乱无序、民生艰难、独裁专制作了深刻反思与揭示。他的半自传体长篇小说《抵达之谜》叙述了他在英国的人生与创作思想，深入分析了他身份寻求与文化归属的艰难历程。当然，奈保尔作品的审美魅力来源于他自觉的文体创新意识，他在《论作家》这篇随笔中写道：“每个严肃作家都必须是独创性的；他不能满足于写出或拿出一个以前已经有人写的版本。因此，每个严肃作家都会意识

① 谈瀛洲：《奈保尔：无根的作家》，《中国比较文学》2002 年第 1 期。

到形式的问题;因为他知道,无论他受过多么好的教育,无论他受到他读过或正在读的作家怎样的刺激,那些形式只适合那些作家的经验,并不完全适合他自己。"①他破了随笔、小说、传记等的界限获得了文学表达的自由。

我想,寻找应该是奈保尔小说不同时期的共同主题,从最早的作品《米格尔街》开始,他就寻找着世界的生存真相、自我精神的归属和文学艺术形式的新异。但艺术形式的寻找是收获性的,生存真相和精神文化的寻找常常带来的是失望的感慨与否定的批判。

也许,跟奈保尔后期作品的厚重磅礴比起来,《米格尔街》还显得略微轻嫩,但跟许许多多作家的最初作品比起来,《米格尔街》却和《都柏林人》一样显示出不可比拟的优势与难以超越的起点高度。一个二十来岁的文学青年在这部作品中表现出了文学天赋方面超常的敏锐捕捉能力、非凡的直觉把握能力、不俗的形式能力构架。正如奈保尔本人所言:"我信赖直觉。我在刚开始写作时如此,即使目前也是这样……我听从直觉去选取题材,我一直是在直观地写作。"②在《米格尔街》中,他确实是以直觉的敏感直抵世相的本质,以语言的简

---

① Naipaul: *On Being a Writer*, The NewYork Review of Books, April, 23d, 1987.

② V.S.奈保尔:《河湾》,方柏林译,译林出版社,2000年版。

凝和细节的象征意义通达形而上的意蕴,以人物的开放式进出和篇章的互文构建人们生活的群体背景。《米格尔街》的17个篇章相互独立,相互构成,共同将特立尼达殖民地底层人民的生存状况和精神状况生动原质地详细呈现。米格尔街让我想起了鲁迅的未庄、鲁镇,想起了庸民与知识分子的厚重隔膜。《米格尔街》,去殖民化的政治理解,还原出的是人类生活普遍性的常态,探寻的是本质性的存在。在《米格尔街》的叙述中,殖民文化的侵扰只是淡远的背景,庸众们熙熙攘攘的生活以及由此表现出的思想空无、精神麻木、人性蛮昧却是集中的主题。庸民对他人的地狱般伤害,以及以庸众为基本元素的民间土壤难以培植精神丰美所必需的诗与爱、理想与追求。这些小说中处处可见哈特式闲人,“这只不过是一个单一无知、对艺术不感兴趣的殖民地而已……作家或者画家在这里是会遭到无情嘲笑的,除非他在海外尤其是英国获得了认可……在这里,只有一个人的怪异才能使他引起大家的注意”①。他们没有标准,没有是非,没有障碍地进入彼此的生活,彼此黏着一起,对带有异质的他者疏离、诽谤、伤害,同情心、理解与关怀是这个世界之外的事物。可怕的是,他们以大

① 转引自:高照成:《殖民时代的特立尼达社会喜剧——奈保尔〈米格尔街〉与〈灵异推拿师〉简评》,《苏州大学学报》(哲学社会科学版)2009年第5期,第85页。

多数人的力量，对异己者实施着不断的同化与隔离，而那少数异己者在这种贫贱的生活环境和蛮昧的人文环境中承受着巨大的失落、伤怀与孤独。

在这里，奈保尔和鲁迅一样，带着归来者的现代性目光审视着曾经如此依然如此的群蚁般生存状态，地理上的破败与人文上的蛮昧使他们产生了深切的哀伤与强烈的愤怒，在沉重的失落与压抑中，他们共同面对了两个真相：首先是诗意美好的民间栖居可能性，其次是落后民族落后文化的精神构建缺失。落后地区的贫困生活、文化缺失造就了一大批庸众，他们断然拒绝与琐屑生活无关、代表人类精神生活美好的事物。但，就在少数人身上，依然不屈不挠地生长着对美好精神生活的渴望与实践。其中，《B.华兹华斯》和《曼门》《烟花专家》《只是为了爱》等篇章典型地表达了奈保尔对这种人际构成关系的愤怒与批判，同时通过对诗人、理想主义者、爱情追求者落魄而固执的描写表达了精神之美的不和谐与边缘化，以及由此而来的作者深切的内心哀伤。就像《米格尔街》的"编辑手记"指出的那样："小说集的精妙之处在于，通过小人物的想入非非，揭示了植于琐屑欲望中的民间理想。一方面总是某种虚幻的东西在支撑着人生意趣，而另一方面，那些卑微、古怪乃至滑稽可笑的动机同时让你感受到‘理想’本身所包含的凄凉。”①《曼门》中曼门这个疯子最后要效仿耶稣，在十字架上请求人们投石；《烟花专家》中摩根一直致力于烟花研究但被人漠视嘲笑，最后在一场火灾中，“人们第一次惊奇地发现摩根做的烟花竟是如此壮丽”。《只是为了爱》中人们愤愤不平于赫瑞拉太太选择托尼。曼门、摩根、赫瑞拉太太无一例外地遭受到庸众的不理解与折磨，曼门和摩根还承受着巨大的精神压力，疯狂地以非理性的行为来疏解内心的孤独与压力，而这正是作者对这个出生之地的失望，与自我内在精神追求的强烈渴望。这种悲剧的简淡描写，也留下意犹未尽的苦涩味道与无尽思考。

相比之下，《B.华兹华斯》的情节单纯凝练，指涉清楚，寓意分明，悲剧意味浓郁。“我”家来了一位流浪者，他要来看蜜蜂，母亲极不友善，也不放心。但这个能蹲下看很久小动物、看见牵牛花掉泪的诗人，却打开了一个孩子的心灵世界。诗人的诗篇总是卖不出去，诗人邀请“我”去他家吃甜蜜多汁的杧果，回来母亲却给了我一顿鞭打。诗人带“我”去看星星，星空的壮阔很快地疗好伤痛。诗人日渐苍老虚弱，给“我”讲诗歌男孩和诗歌女孩的故事，讲他要写出的伟大诗篇。当“死亡

① V.S.奈保尔：《米格尔街》，王志勇译，浙江文艺出版社，2003年版。

在那张满是皱纹的脸上”时，诗人还是解构了诗歌的意义与自我的意义。当“芒（杧）果树、杏树和椰子树都已被砍掉，到处都是砖石和混凝土”时，“我”感觉“就像B.华兹华斯从未来过这个世界”。这篇小说中，奈保尔通过富有象征意味的生动细节追问着几方面的相对关系：凡俗生活中，他者对诗人的隔膜、排斥；物质有市而精神无市的反差；诗人于世界难融，但诗人与孩子却能够成为知己；诗的美好与自然的美好对人类灵魂迷失与创伤的疗救；现代文明侵扰下自然美好的消失与诗歌意义的消解；诗歌的死亡与人类精神皈依的悬置……诗性是人类最高贵的拥有物，诗歌是灵魂深处最动听的声音，诗心是相贴着的纯真温暖，但诗在金钱统治的世界里，在母爱不值四分钱的悲剧里，可以栖身落脚的港湾在哪里？诗歌，远远地，在人类的视线中，只留下一个瘦弱飘零的身影。

奈保尔心存悲悯，笔触冷峻，但不乏讽刺与调侃，文字简凝，意境含蓄，像夕阳下的玻璃碴，貌似光泽柔和，实际冰凉坚硬，能刺出内心的疼痛。他不无怜悯，带些夸张讽刺地写出特立尼达岛民可笑滑稽之处的可悲，也不无伤感带些悲壮地写出了各异者可悲之处的可敬可爱。奈保尔和其他优秀作家一起，以他们不懈突破、不断深厚的作品，共同向许多中国当代作家提出了严峻命题：中国文学超越生活的精神高度要如何攀升？中国作家历久弥新的创作生命力要如何达到？

生命的设置与反抗的意志

——评房伟的长篇小说《英雄时代》

我倒见过很多想要设置别人生活的人，还有对被设置的生活安之若素的人。

——王小波《一只特立独行的猪》

房伟的长篇小说《英雄时代》，我是一气呵成读完的。作为同代人，房伟对身处现实的感喟与批判，对英雄内涵反传统、弃道德的再理解，对“锈迹斑斑”的英雄情结“依然坚硬”的向往，都让我深有同感，并不由自主地想起赫塔·米勒的《心兽》中《写给中国读者》的那句话：“我们以相似的姿势飞翔，也极可能以相似的姿势坠落。”房伟以文字保持着与现实的对立与距离，在叙述日常中酣畅淋漓地书写着梦想，让我想到了许多文学作品和影视作品的诟病——辅助设置，对阻滞人自我精神形成的不利干扰没有辨识和析理，对限制人自由意志、自我主决的外因没有拒绝与反省，沉溺在大众耽于物质的肤浅的现实安慰，或者止于基本生理需求的低级满足，对流行价值观和生活潮流予以默许或鼓励，文学与影视一起就有沦为“瞒与骗”工具的嫌疑。对个性与自由的倡导如果仅停留在外在物质层面而几乎不关涉精神与思想，也脱不开“瞒与骗”的嫌疑。

这部小说可贵的主体精神是揭露“瞒与骗”，反设置。所以房伟写得激情洋溢，保持着紧张的警醒和明显的疑否，他以一个被设置的现代男人和不被设置的古代女人的故事，互衬互比地在两个历史时段间穿梭，书写着英雄气血的落入尘埃与直冲云霄。

一个现代的被设置的男人

刘建民是一个刚进入大型肉类食品加工厂不久的大学毕业生，他喜欢狂想的自由和生活的自由，他蹲在厂门口将车来车往想象成骑士们出征或者凯旋。但每次精神冥想总被突然暴喝的人声截断，或许，这就是普通人英雄情结的命运：深藏于心，万般渴慕，只能幻想，被这样那样的现实因素终结。刘建民狂想英雄却不具备英雄气血，他最突出的拿杀猪刀追杀副厂长一段，也不过是年轻人迎面遭遇耻辱不得已的恼羞成怒。随着人生经历的增多，他那英雄情结就多了一层灰色外裹，慢慢会不会遗失在破衣旧布中，扒拉不出来了？直到中年为人夫为人父，操着杀猪刀辛苦营生，这个男人就被安置成了这副模样："一个面色忧郁的中年人，身上带着点血腥味和猪臊气，惺忪的眼睛边留着点眼屎，目光呆滞，身材臃肿，有点儿驼背，牙齿被烟熏得微黄，屁股上还有一点儿痔疮。"刘建民不只是他自己，他指代了一大群忙着生的人，是你我他的共同命运的凝结体。在中国，设置别人的力量强大得不可理喻，设置别人的欲念也泛滥得不可理喻。一个"被"字道出了无法自主生存的多少无奈与悲凉。刘建民是"被"设置的，设置他这个小人物的因素都有哪些呢？一是权力拥有者——副厂长，他利用权力公报私仇，将刘建民、王梅安排到恶劣的环境中工作，人是难以抵御天天刮猪毛的折磨的，还离间众人与刘建民、王梅之间的关系，威胁裁人，他的"阴险"有着几分"阴森森的凉意"；二是同场域人们趋利避害的有意疏离，那暗地里插钉子、倒猪血的恶劣行为让人陷入"无物之阵"的崩溃，面临接受"设置"的可能，王梅就想以送礼搞好关系来屈从。当然，这两个具体的外因外，不可知的命运是另一层面销蚀人意志的操控力量，甚至更为神秘强大不可一世。

我体谅刘建民，就好像体谅自己在现实中的隐忍与苟从；我厌恶刘建民，就好像厌恶自己反"设置"意志与能量的缺乏或者不足。所以说“我不是个英雄，我连武大郎都不如，我是个真正的孬种。可是，我再也不能忍住我的泪水了”。人心里都有梦想和激情，但裹得那么厚实，哪里还有亮光可散？重重桎梏中，自由的梦想仍是我们内心最本真的渴望。“在我甜美的梦中，武松逃离了纪律森严的城堡，正像一只强壮的老虎，奔向那无限广阔、无限美丽的森林与原野。武松要去找他心爱的女人潘金莲，他永远在快乐地奔走，他永远在路上。”

房伟的《英雄时代》无疑是对王小波写作主题与风格的承续，也是不正经的正经之作。借鉴于王小波，受限于王小波，这部小说中王小波的痕迹过于明显，使房伟的自我思考显得深度不够，某些意味的表达让人觉得欠缺火候，暧昧而所指不明。或许是写作经验的不足，这部小说的叙述情绪不够稳定，有些叙述反差较大，有时沉陷在酣畅淋漓的写作状态中，个别细节的处理就有失节制。

尽管如此，这部小说仍是可贵的，因为它直接把本质而尖锐的问题摆到了字面——社会生存中的个人自由。人和猪有区别吗？猪如果“死被吃活受罪”，但它“不自由毋宁死”，就是一头好猪，一头不为一盆食圈进牢笼带枷锁的高贵的猪。

《第七天》:从出发到抵达

《第七天》是一部从实出发、以虚为主的作品,它以余华与现实生活秩序间不可调和的强烈情绪为支撑,向神而作,着意于余华对彼岸生活秩序的虚构与向往。小说读着通畅,读完却让人有些口舌无措,不知从哪里说起,用哪套话语说起。从哪里说起呢?从余华对现实部分的处理说起,这现实部分因貌似"照搬"而显得有些粗糙,一系列社会事件的罗列,一锅大杂烩混着煮了,并且没加作料没腌上一阵,也没切开一块来仔细追究来路去势,更没集中顺着某个事件的藤,摸出一个或一串事件背后的大马爬瓜,揭示所谓有深度的"社会秘密"或"复杂人性"。很多人觉得余华的这部分叙述有极大的不足。为什么不足?这部分的叙述确实有些仓促之外,有没有其他方面的原因呢?这些年来,关于如何表达现实,作家和评论家之间有没有形成一套关于社会事实的文学处理"定见"呢?这是值得思考的问题。因为“定见”，对某些作家是助长，对某些作家却是阉杀。或者确切说，对匠气作家来讲，“定见”是成全他们从边缘行进到中心的路线图，而对天才作家来讲，“定见”是缚住翅膀使其从空中跌入尘埃的绳索。余华不会按照任何“定见”写作，他思路清楚，策略性地选择提取现实中最坚硬冷酷的部分，以此作为出发点，眺望并走向虚无缥缈的另一个美好世界。

《第七天》是余华在《兄弟》后，有意识“返青”的作品。他让从《十八岁出门远行》到《兄弟》之间的作品都成为注脚。他从“十八岁”一路走来，每一部作品都不一样，有些甚至差别挺大，但在每一部作品的筋骨里，有一些内在的东西没有流失，没有减损，一直是他不同作品的核心灵魂。曾经，他出门远行，在海浪般的山间公路上梦游，那一刻，他就体验到了与坚硬现实迎面撞上时不可理喻的荒诞和寒冷，他就开始了在荒寒处向往温暖，他就知道了人的心窝才是最温暖的地方。后来，他在“父亲”的心窝里寻找到了些许庇护生活荒寒的温暖，他《在细雨中呼喊》，他《活着》，他讲述《许三观卖血记》，他将“父亲”从家里写到地上，从地上写到平房顶，到了《第七天》，他毫不犹豫并充满深情地将“父亲”写进了神殿。另外，《第七天》越过并反拨了《兄弟》，在《兄弟》中，他陷在了对现实的叠加铺排中，可在《第七天》，他选择了“减法”，仅以“丑恶”现实为出发点，就此离去，长途跋涉，作遥远的“美好”抵达。他在《第七天》朝天仰起朴素的面孔，眼含朴素的热泪，放灵魂“在生与死的边境线上游荡”，管他白天还是黑夜，一直穿行到那新鬼旧鬼一律平等友爱的“死无葬身之地”的天堂中，梦想就此栖居。

出　发

《第七天》距离现实太近了，近得跟日常耳闻目睹、网上浏览的社会事例毫无差别，近得让人怀疑是余华在偷懒“串烧”。郑小敏父母在房屋强拆中被埋入废墟，遭到了新闻发言人的矢口否认；“谭家菜”突然失火，谭家人和杨飞被烧死；李青公司出事，丈夫逃跑，她在浴缸中割腕自杀；父亲杨金彪身患癌症，为减轻儿子负担离家出走；大型商场起火，电视报道说死亡七人，实际上死亡四五十人；李月珍被超速宝马汽车撞死，和河里漂浮的二十七个死婴一起在地质塌陷中消失；鼠妹觉得男友骗自己而跳楼自杀，男友伍超去黑市卖肾，给鼠妹买了一块墓地；李姓男子男扮女装卖淫被抓，警察张刚审讯时踢中了他的下身，他维权杀死张刚；一个男子因杀害妻子而遭枪毙，可几年后他那患精神病的媳妇好端端地回来了……类似事例就这样在不同时间不同地点不断重复出现。余华不着重叙述任何一个，就这样扎堆并列，他是故意的。他故意如此，因为他与这些间接经验有无法切身的隔膜，但这些还是激起了他表达的欲望，所以他选择有取有舍，只把现实作为小说展开的出发点，作为叙述情绪的出发点。

在这个意图下，他将这些人赴死时千奇百怪的事实拼贴在一起，拼贴出了一幅他认知中的社会世相图；他把这些事例作为亡灵们非正常死亡的因由，点出即可，意在组成一幅群民游魂图。这十几年，网络渗入日常生活，让每个人足不出户就能知晓天下大小事，而网上的新闻就像不断耸立到眼前的高楼大厦一样，构成了这个时期群体经验的公共外景。但"公共外景"很难成为作家独特的个体经验，虽然曾经余华对这些"公共外景"也深入思考和追究过，如《十个词汇里的中国》。但在《第七天》，他知道难度，不想陷入对繁复现实的黏着，他有意选择掠过，不停留，不深入，不抓住任何事件去作主观还原与想象，他选择直接编排上去，让事实之"象"表现事实之"质"。这作为情节出发、情绪源起的事实之"质"是什么呢？余华让这些人从各自的殊途中走来，却堕入共同归处，原来这就是事实之"质"——生存背景中这群人有着相同的无力改变的"共命"。

通篇细看，《第七天》的写作指向自始至终都很明朗——不以表达现实为目的，而以把在不等中生、在不等中死的群体渡到美好彼岸为终极。这是余华习惯的逆式思维，他自信于自己的思维，在写作时我行我素，不为自己内心认知之外的任何——哪怕很强大的观念和声音，有所顾忌或者动摇。谁说来源于新闻的现实一定要经过作家的酝酿、反刍与想象加工，不能以它原生态坚硬粗糙的本来样子嵌入文本？“文无定法”人人皆知，但很多人一旦下笔，就想依循“定法”来写、来论，这是中国文学的一大通病，其成因三言两语难以概括，只能在此略过。

余华从眼前现实生发出的情绪是小说的主体。这现实的“空中没有鸟儿飞翔，水中没有鱼儿游弋，大地没有万物生长”①，这现实让他长期以来“沉溺在久远的悲伤里”，因此他的情绪是没有经过艺术缓释的愤怒和绝望。生前不等，人们在“差别”中求活；死后不等，鬼们在“差别”中或贵葬，或贫葬，或无以为葬。他直接让细节鲜明对比，他让对比本身成为目的，成为证明。《第七天》关于现实部分的叙述远远少于关于死后世界的深情吟咏。从小说的字数分配就可以看出，《第七天》的写作重心是余华这个心灵受创到快要抓狂的作家转身离去，在“雪花”般的温暖中，寻找着理想中的“乌托邦”，他着力表达的是比愤怒更强烈的眷恋与渴望，诗意般的眷恋与渴

① 余华：《第七天》，新星出版社，2013，第 108 页。

望。只是，愤怒、向往这两种情绪，跟实写、虚写的两部分一样，共成一体却截然相反地处在两个极端，互比互称，丝毫不互消互融，它们在文字间相撞相悖，搅成一团却各自分明，就像柔水与柔水中的坚石，看着在一起，却水是水，石头是石头。

抵　达

《第七天》距离现实太远了，它抵达了人类梦想中的冥界天国，并在此长久徜徉。这天国不是浮光掠影，而是具体形象，把无处葬身的人都安置进去，享受平等、幸福、友爱。在我看来，《第七天》的意义就在于它朝向平等互爱的文学抵达。

余华怀着深切的怜爱，渡所有不能入葬的孤魂野鬼抵达了"死无葬身之地"的天堂。这些人体会了很残酷的被忽略的生，经历了很残酷的被遗忘的死，死后没有一小片掩埋一抔骨灰的安息之地。怎么办？文学能怎么办？文学的无能就在于它无法介入社会运行，千言万语也不能解决任何实际问题，但文学还是要表达，它可以介入人们的内心，召唤出作家灵魂和读者灵魂深处的爱与关怀。《第七天》就是余华主动示爱于众生，尤其示爱于命堕"死无葬身之地"的众生，让他们每个人的灵魂不漂泊于无依，而是被引渡到了天堂，他们欣喜地看到"水在流淌，青草遍地，树木茂盛，树枝上结满了有核的果子，树叶都是心脏的模样，它们抖动时也是心脏跳动的节奏。我看见很多的人，很多只剩下骨骼的人，还有一些有肉体的人，在那里走来走去”①。这里完全不同于“生道”，“人人平等”，“没有亲疏之分”，这里一切没有差别，所有的皮肉都逐渐消失，剩下相同的一具具骨骼，难分彼此。这里太美好了，充满友爱，到处有“夜莺般的歌声在四周盘旋”，这里是人们心向往之的梦里乌托邦。这是余华心里的愿景，他希望人们有一天能来这里，来到这块慰藉或解脱生之苦、死之辱的冥界福地，得到幸福安息。

这是我喜欢《第七天》的原因，它是当前文学少有的“神性写作”，也是余华有意梦吟的一首动人魂魄的圣歌。细读每一句关于彼岸的描写，好像能看到余华在给这群亡灵深情诵读“福音书”，那样悠悠缓缓，那样朴实动人。于是，在给众生以尊敬和恤爱的文字间，余华主动泄漏了他的才华，主动放射出他内心深处的柔情。不知为什么，在被余华诗一样简朴的语言感染的时候，我常不由自主地一遍遍想起《德兰修女传》中的一句话：“神在写情书给世人，我是他手上的那支笔。”②《第七天》就是余华写给众生的情书，尽管他是他自己，不是敬奉的神的代笔，但所秉承的却是同样悲悯慈爱的神性精神。回

① 余华：《第七天》，新星出版社，2013，第225页。
② 华姿：《德兰修女传》，重庆出版社，2011，第20页。

头看余华的来路，会发现即便在他最冷的描写中，也含着这样一种可贵的情绪，“这情绪是他对人类情感的凝注”①，这“凝注”让他的文字终能得以升华。这情绪是余华文本的筋骨，他早就“认定文学要表达的是人类的情感，朴实而伟大的人类情感，能借此度过的人类情感”②。之前，余华从人性的俗性中寻找人类能“借此度过的人类情感”，而在《第七天》，他从人性的神性中寻找这种情感，更朴实，更伟大，更坚实，当然，也更让人沉迷。

可是，这是一场虚境，是余华躺在庙宇中的南柯一梦。杨飞经历了七天美好的亡灵流浪后，向殡仪馆回转了。这个细节是有意暗示的美梦消解，还是无意留下的信念裂缝、思路矛盾？让人觉出悖论和疑惑：在此耽留不是永久，墓地才是安息之所？那么，“死无葬身之地”就是余华带命堕“死无葬身之地”的亡灵们去魂游一场的太虚幻境，并不是最终栖处。小说中有一句话道破玄机：骨骼们“簇拥着她（鼠妹）走向通往安息之地的殡仪馆”，噢，伍超为鼠妹买了墓地，鼠妹在众亡灵的“簇拥”中回去接受那个生世定下的死亡规则——“去墓地安息”。作品中还有一些句子暗示着这场梦境，比如小说的结尾，杨飞的亡灵回到殡仪馆前，他带领伍超的亡灵来到这里，

---

① 朱伟：《作家笔记及其他》，江苏人民出版社，2006年版。

② 朱伟：《作家笔记及其他》，江苏人民出版社，2006年版。

这时用词就已经不是“这里”而成了“那里”,“我对他说,走过去吧,那里树叶会向你招手,石头会向你微笑,河水会向你问候。那里没有贫贱也没有富贵,没有悲伤也没有疼痛,没有仇也没有恨……那里人人死而平等。”①“这里”“那里”不是一个字的区别,而是处身其中与抽身离去的区别。离去就意味着解构,意味着余华赋予了如此多美好的希冀,不过是立足现实的“画饼充饥”,终究是人为想象的幻梦。因此,这幻境迷人的光环反过来加剧了实境体验的绝望,使作品现实绝望的底色像夜晚街灯后无边无际的黑,更加苍茫辽远了。

《第七天》就这样在残酷现实的废墟上搭建了一座神庙,这神庙结构疏朗高阔,有爱的神性端坐其中,向黑茫茫的四周发散一波一波的柔光。这神性的热力让人在寒处感到温暖,但这热并不来自遥不可及的“上帝”或“佛祖”。尽管《第七天》在意义向度上是面朝“上帝”的救赎众生或“佛祖”的大慈大悲,但这神庙用的是人间砖瓦,依赖那存在于普通人身上的人性之光,只是余华进行了艺术选择和提取,并赋予了其足够的纯度和硬度,使之纯得像雪花,硬得像冰柱。

作家对现实的选择就是这样,选择的水平代表着作家的水平。现实生活的某些部分,可能会在时过境迁后成为历史;

---

① 余华:《第七天》,新星出版社,2013年版。

有些可能成为泡沫，随时代的结束而从此消亡于虚无；有些可能成为恒常，任岁月变迁世道轮回，永远潜在生活的底部，成为人生最可依赖的基础。选择什么样的现实进入文学故事的叙述呢？余华选择了时代风云涌起的事例，但同时，重要的是，他选择了人性中的神性存在，选择了人类情感中最感人的那部分恒常。由此，当风起云涌平息之后，这恒常仍可以在时空中散发暖意。

余华让人性之爱的神光分别体现在三个人身上，养父杨金彪，工友之妻李月珍，鼠妹男友伍超。其中最纯粹的代表是杨金彪，他是许三观的升华版，没有许三观身上任何一点人性之陋，反倒像一个行走于人间的“菩提”，身背褡裢一样的蓝布袋，让杨飞在里面一天天长大。“他在铁道岔口扳道时走来走去，我在他的胸前摇摇晃晃，这是人世间最为美好的摇篮。”①不知是不是不经意间所得，这个意象蕴含着感人的佛意。就是这个杨金彪，“他日夜行走，最终来到殡仪馆，这是两个世界仅有的接口”，是安息之地的引渡人。李月珍像一个圣母，所以她不得不死，不然那被抛弃在河道中的二十七个死婴，如何渡到那祥和快乐的天堂？小说中用许多细节，突出着这两位普通人身上纯粹发于善心的担负和牺牲，他们是人性中最优

① 余华：《第七天》，新星出版社，2013年版。

良的神性因子体现者。还有青年伍超，他宁愿卖肾死去，也要为心爱的鼠妹买一块墓地。他和杨飞一起，让我们明白爱之神光的代代延续才是人世劫难中仍可得以循此度过的“光芒般的铁轨”①。

也许，《第七天》不是余华最好的作品，但放在这些年的长篇小说群体中，《第七天》还是一部超出了许多作品境界的上作。余华用“亡灵叙述”一下撑开了广阔的写作空间，也激发出了他凌虚的想象灵感。但余华没有因叙述自由的增大而使意义指涉倾向复杂，他反而用减法保障其简单纯粹，所以读起来清晰顺畅。不过，读起来容易论起来难，不知什么原因，我们常在言说简单的时候陷入词穷的困境。不过，我觉得《第七天》如果不是一部小长篇，而是一部大中篇，也许会少些不必要的瑕疵，显得更耐品味。

---

① 余华：《第七天》，新星出版社，2013 年版。

一个文坛“异数”的一些启示

——由汪曾祺的《八宝辣酱》所想到的

《八宝辣酱》发表于2015年的《当代》第2期，距汪曾祺1997年5月16日去世，已经是近十八年了。也就是说，《八宝辣酱》在汪曾祺生前没有公开发表。为什么这样呢？刊物肯定不会拒绝，是汪老写完后转兴画画儿或做美食，把文章给忘了，还是这篇小说写于去世前不久，跟“当代野人系列”一样，是他嘴角一抹淡笑地回忆“文革”陈迹的，还没来得及修改和发表？

跟他20世纪90年代的多篇小小说一样，这篇也写得随意，不讲章法布局，甚至略显粗糙，但一字一句极见功力，寥寥几笔，四个人物就各自传神而出。小说写了进驻某剧院的三个工宣队成员、一个军宣队领导。三个工宣队成员是老邱、潘师傅、老丁，他们尽管都是从工厂来到剧院的，但表现很不一样，如文中所写，“鱼龙混杂，贤愚不等”。老邱扛把半自动步枪，打死了湖里两只天鹅，回去煺毛切块，炖了一锅天鹅肉，就着二锅头美美吃了一顿。别人批评他如此做法时，他振振有词："人生在世，什么都得尝尝！"在剧团，他天天吹着哨子折腾人，一会儿紧急集合，一会儿立刻解散，真有股心里不平衡的"邪气儿"。老潘"长得血脉和匀"，是个脾气很好的人，见人带笑，喜欢拉胡琴，在厂里常"给票友调调嗓子"，可剧团里的角儿都成了"黑帮"，关在牛棚里，他无法得偿所愿。老丁是厂里的车间主任，"不以领导自居"，参加讨论会，常多听少说，他知道自己是外行，不胡乱指挥。他爱与人闲聊，会讲年轻时在象牙店当学徒的事儿。他吃饭简单，常常是三两米饭，加上自带的八宝辣酱。从军队里来的领导是王政委，他"离奇"地在剧团"搞了一套大集体创作"，"原来的创作人员都靠边站了"，"全剧组（包括演员、乐队）都来写念白、唱词"，结果是"乱七八糟、不可收拾"。他平时说话也很有意思，"说的全是书上的话——农民把他的这种话叫做（作）'字话儿'"。这可真是应了小说结尾老秦头那句："嗑瓜子嗑出个臭虫——什么（仁）人都有哇！"

两千多字的小小说，生动、准确、有深度，确实如郜元宝所说，是"近乎'直录'的朴实无华的作品"。这个小小说，也有"文革"时代的气息徐徐而来，淡远弥漫，一缕荒诞的苦涩沁入口鼻，微酸片刻，但之后，是经久不绝、绵绵不断的人间烟火，呈示着关于人心超越世道的更久远景观。

汪曾祺是当代文坛的一个“异数”，他随新时期文学而重绽文学才华的光彩，但不属于新时期以来的任何潮流。他笃定地在自己的三分地里精耕细作、流连忘返，任外面世界潮起潮落、风云变幻。他的做法、说法、写法，在时间河流的淘洗中，日益显出其价值和意义来。时间和汪曾祺，真是很有意思的关系：他在西南联大时期已经初露文学才华的“尖尖角”，出了一本小说集，但很快就进入了长达三十多年的沉寂期，除了编过几个样板戏，文学创作上几乎空白。1980 年，他才又开始文学创作，将文笔和精神接续上三十多年前的自己。命运残酷地以不可逆的时间来考验他，但他在“衰年”重拾写作，实现自身，战胜了这考验。他的写作不随周遭群鹊而起而鸣，完全按照自己的主张和心性来写，就很难赢得生前名，享得生前利，也只有接受时间的考验，看看淘洗后的河道，还能留下几块石头吧！他淡然而笃定地等着这时间漫流的经过，他清楚自己的命数。也许，他很早就明白这个道理。他的老师沈从文在 1941 年的 5 月 2 日，曾经在西南联大国文学会上讲过这么一段话：“‘得到多数’虽已成为一种社会习惯，在文学发展中，倒也许正要借重‘时间’，把那个平庸无用的多数作家淘汰掉，让那个真有作为诚敬从事的少数，在极困难挫折中受试验，慢慢的有所表现，反而可望见出一点成绩（三五个有好作品的作家,事实上被三五百挂名作家更为明日社会所需要,原是显然明白的)。"[1]做自己,是汪曾祺一贯的风格。

原本,保持"自我"、形成不同于他人的风格是文学创作的常识,但新时期文学几十年来的发展,评论文章习惯于撮堆儿概而论之的做法、文学史惯常地以群体共性来勾勒文学发展轨迹并谋章分节的行为,将是否合乎潮流直接跟作家声名绑定在一起,引导着内心澎湃的作家陷入失落或矛盾,有时怀疑那坚持自我的意志力是否越挫越坚才更好。实际上,汪曾祺不仅没有被潮流淹没,反而在潮流过后,越来越为更多人关注、喜欢,他以自我的独特风格进入了文学史。他的例子强化着本原常识:任谁也不能改变的"我"的生命力量,是灌注于文字中得以经受长时间淘洗的底力。

但这个"我"从哪里来?尽管文学要经历借鉴和模仿的习作阶段,书法绘画要经历临摹的刻苦练习和琢磨,"我"要经由"他者"才慢慢得来,但文学艺术最终致力于追求的是"求差"。求自己与他人不同风格之差,独特的"我"从童年、经历、教养、性格等多种因素化合而来,"我"与别人的差异性是文学价值之一种体现。此外,文学在写人状物、抒情达意上也要追求"求差",尽管很多作家以社会性观察、提炼和总结作为自我文

---

① 沈从文:《短篇小说》,载《沈从文散文》,中国广播电视出版社,1994,第281页。

学的思想意义所在，但在具体细节上，能表现出别致而微妙的“差异性”，仍是文字动人的魅力所在，当然，也是难度挺大的基本功。汪曾祺的这篇《八宝辣酱》，几个人物的关系与构成就像八宝辣酱一样，各自是各自生动鲜活的形象，但又都在生活环境这个大瓶子里装着，确实是“迪只物件勿便宜”！“一花一世界”，人和人、物和物，怎么可能一样呢？人是社会性动物，会有受环境、文化等调控的共性的一面，但更有各自不同的差异性。“作家从这方面应学的，是每一件事各以身份性别而产生的差别。简单说来就是‘求差’。应明白各种人为义利所激发的情感如何各不相同。”①道理很容易明白，做起来可真难！观察、体味、分析，找出差异性，再形成文字，还要力求准确传神，像汪曾祺这篇小小说一样，对每个人物三言两语做到“画龙画虎也画骨，知人知面也知心”，功底何其深厚！他真的是如沈从文所断言的那样：“你懂得如何用笔写人写事。你不仅是有这种才能，而且有这种理解。”篇幅小并不见得意味淡，篇幅长并不见得有深蕴。汪曾祺的小小说，短小精湛，以“返璞归真的简笔”让人的差异性各显神态，且是生活中的“自然之态”，看似松散，但背后自有“看不见的中心约束着”，他“将贫困野蛮残忍的世界和仍然到处涌现美好人性人情的世

① 沈从文：《给一个读者》，载《沈从文散文（第四集）》，中国广播电视出版社，1994，第295页。

界放在一起做对照，愤激和爱怜、批判和赞赏难以分拆，又因这两个世界不可避免的共存而在整体上生出无穷悲凉”。①

“我”与“他者”之间在观念、行文等上的差异性是“我”文学生命的根本，文字中此人此物与彼人彼物的差异性是辨识生命是否成“活”的依据根本，汪曾祺对此深谙、深信，因此他始终守着适合于他的“根本”而写。他心怀大而安于小，他不“应时而作”，敢于以平平常常的语言，表现平平常常的人事，他知道时代去了的时候，人的常态是能够稳定住文学的东西；他追溯自身渊源，到传统文化中“接气儿”，让自己在“横通”“竖通”中不动声色地行进到“境界”之上。也就是说，他在写作中坚持“贴着”写，既“贴着”自己的内心，也“贴着”笔下的人物。“贴着”自己的内心是写作的方向，能让文字在风浪里、阴沟里、白昼、黑夜都迷失不了；“贴着”人物的心意是写作的态度，长久将人物揣在心中对话、参透、互溶，这种诚敬姿态和做法能帮助作家更真实深入地理解人物，在写作时得到“如有神助”的回报。事实上，这“神助”的写作时刻，来源于之前的“自助”。

话说回来了，在千百年的历史生活中，我们的祖祖辈辈包括我们，一直在同质化需要中被塑造和管理着，因身份、性别、

① 郜元宝：《汪曾祺论》，《文艺争鸣》2009年第8期。

时代等社会因素而被不断强化着类同性特征，个性化始终没有得到发展和张扬，差异性就更显出这个民族在全球化背景下走向现代化未来的迫切。好在，还是有一些作家始终在坚持着“求差式写作”，才让我们的阅读在绝大多数的疲倦无聊时刻，突然眼前一亮，心中一喜。

平原上盛开的女人花

——论周瑄璞的长篇小说《多湾》

一

作家的一生中，会有个别作品像是他们的“命里琴弦”，必须拨响，哪怕千回百转、指尖流血或生茧。在这个过程中，因着内心强大的自我驱动力，作家会克服种种困难，执意完成。而在这个过程后，作品与作家之间就是那种相互成全的关系，作家完成了作品，作品反过来也以自己的样子和命运很大程度地成全着作家。我想，周瑄璞与《多湾》就是这样的命运相连。《多湾》的起笔时间是 2007 年 12 月 8 日，历经九次修改后，定稿时间是 2015 年 1 月 19 日。用七年多的时间创作一部长篇小说，从当前长篇小说的创作实情来看，是相对少见的事情了。周瑄璞曾说:"用我的笔将一个人,一群人,一个家族,一个村庄记录下来,将那些过往的故事讲出来。多年来,我在内心不断构思,到处收集素材,甚至觉得我来世上的使命就是写出我家族的故事。我相信它具有代表性,能反映出普通中国人走过的路。"①这句"来世上的使命就是写出我家族的故事",就看出了这部作品在她生命中的分量与意义。

周瑄璞在《多湾》里完成的,看似是关于家族故事的讲述,尤其是家族女人的命运讲述,其实,她更多地觉知、发现了自我。经由《多湾》,她让自己的写作与中原那片她曾生活过的沉实大地发生了关系,生命的树扎回了它的根处,接通了"营养源";经由《多湾》,她化身"章西芳",将自己穿插或附着在家族人生活命运的"大体"上,细细溯源了一遍自己生命的纹路。这让她深切明白了自己"是在怎样环境下活过来的一个人",让她从此心中有底气,面上无畏色。

作家回溯生命历程的这一遭,是创作过程中的重要事情吧?就像沈从文在1932年写的《从文自传》,让他"温习一下个人生命发展过程",梳理一下个人"真真实实所受的人生教育",从而"得其'自'而为将来准备好一个自我"。这一遭的意义,就像张新颖老师分析得那样:"每个人都有他自己的来源和历史,

---

① 何晶:《周瑄璞:不是我在创作〈多湾〉,是她在塑造我》,《羊城晚报》2016年2月21日。

这个来源和历史造就了他现在的状态。所以一个人要认识自己,必得认识自己的'自',那就需要沿着自己生命的来路去追索生命的来源和历史,这个沿途追索的过程,也就是重新探求生命来历的过程。这个过程,是有自觉意识的;这个过程的完成,是得其'自'……是对自我的确认的完成……要确立这样一个自我,是为已经可以触摸到的将来而准备的。"①

此后的相当长的一段时期内,作家的写作,就是发现"自我"后积极主动地实践"自我"了。

二

回到《多湾》的文本来看,让人感觉长期阅读河南作家作品时心上形成的那个"缺"被填补起来了。多年以来,河南籍作家写起中原女性来,大部分是按照母性形象来塑造的,尽管有许多女性作为主角出现并让人念念不忘,但作为这方土地上世代生存着的主要体现者,在整体形象上总觉得不够。而《多湾》就是一部中原女性的史诗,几代女性的形象鲜亮丰满,如中原农村许多人家院落里的各种花,姿态万千地摇曳在生活的风中,有的如盛大的大丽花,有的如小而妖艳的凤仙花,

① 张新颖:《沈从文精读》,复旦大学出版社,2005,第46页。

有的如含羞悄开的杏花……“她们是大地上的花朵，顽强绽放，默默凋零，结出酸的、甜的、苦的各样果实，这正像是自然万物的样态。”[1]看，她们一个个从书中走到了身边：季瓷、枝兰、胡爱花、胡爱莲、罗北京、桃花、季刘氏、招财嫂、章西芳……她们身陷时代变化、个人命运的各种困苦中：丧夫、饥馑、匪祸、土改……她们不知道为什么，也不追问为什么，凭着“兵来将挡水来土掩”的劲儿，硬生生推着磨盘一样沉重的人生往前走。生活是无尽的烦恼，送走一个来一个，就像徐玉诺的《跟随者》写的那样吗？“烦恼是一条长蛇。我走路时看见他的尾巴，割草时看见了他红色黑斑的腰部，当我睡觉时看见他的头了。烦恼又是红线一般无数小蛇，麻一般的普遍在田野庄村间。开眼是他，闭眼也是他了。呵！他什么东西都不是！他只是恩惠我的跟随者，他很尽职，一刻不离的跟着我。”[2]跟徐玉诺的“他只是恩惠我的跟随者”一样的心情，女人们自然地接受着命运送到眼前的一切遭际，想尽办法、吃尽苦头去承受，但从不气短退缩。这或许是周瑄璞个人性格里的要强被分撒在了各个人物身上，也或许正是这些来源于原型或想象的人物（尤其是原型）的精神反养了作者，使她更有

① 陈忠实：《〈多湾〉：曲折流淌，水到渠成》，《江西日报》2016 年 1 月 15 日。

② 徐玉诺：《跟随者》，载海因、史大观选编《徐玉诺诗歌精选》，2015，第 113 页。

坚定而清晰的女性意识，“我作为女性就要写出那种能在现有条件下掌握自己命运的女人。”

这是中原女性生命内核里的品质——昂扬不屈、识礼讲义，像大地一样温暖而宽广地担当着一切。奶奶季瓷就是其中的典范。陈忠实老师一定是认真地读了这部小说的，他不像许多大家悬置在文本之上空泛而谈，他说得实在、准确，句句与文本细节相互呼应着。他说：“作者用非凡的耐心与细密，以冷静的思考，女性的视角讲述了一个悠长而动人的家族故事，塑造了季瓷这样一个独具魅力的‘女1号’形象，她是一位在那个时代少见的现有条件下能够最大限度掌握自己命运的女性，在人生的每一个十字路口，她能够做出理智的、正确的选择，使自己及后代的生活轨迹朝着她想要去的那个方向发展……她总结出了一套应对艰难日子的生活方式及人生哲学。”①生命就这样滋养着生命——有些是遗传基因的奇妙作用，有些是长期耳濡目染的思维习惯、言行习气，有些是某个时刻忽然以她为镜后的觉知和修炼。于是，在许多年之后的不经意间，我们会从自己身上发现亲人的存在，并感恩于这种存在（当然，有时也会无奈于这种存在），就像章西芳忽然有一天意识到的那样：“季瓷一直驻扎在她的心里，种在她身体里，

---

① 陈忠实：《〈多湾〉：曲折流淌，水到渠成》，《江西日报》2016年1月15日。

甚至她觉得她就是季瓷，季瓷就是她……她化作泥土就是为了让她这株小苗在她的废墟上长大。”①季瓷对章西芳的影响，最大的是她的生存智慧和无畏的生活担当。在第一任丈夫死后不久，她就明白自己该嫁了，可她要先尽责把妻妹的婚嫁安排好。季瓷对枝兰说：“趁我还有力气，一心想叫你体面地出门。放心吧，兰，不叫你受一丁点屈。”②当她与章守信相见后，章守信眼里的她“苍白着脸，娇小而尊严”，可就是这样一个看似弱小的女子，却那么能干要强，她就是要“一辈子活个硬气清白，不叫人欺没”③。这就是后来的章西芳吧？随家人来到西安的章西芳，在外在生活环境的压制下顽强生存，在恋爱失败后不断上进，在照顾家人方面责无旁贷地冲锋陷阵，可不就是季瓷？

河南许多男性作家笔下的女性形象，常常是母亲型或姐姐型的，她们的道德形象大于人性形象，普遍形象大于个性形象，大多是作为男权思想下的女性典范，或男性欲望视野中的狐媚妖精，她们生命元气里的本能呼唤多被漠视不理。但周瑄璞很在意这点，她要这些女性在情爱性爱中绽放自己的肉体和灵魂。于是她想象了一个桃花，虚设了一段感人的桃花

---

① 周瑄璞：《多湾》，浙江文艺出版社，2015，475页。

② 周瑄璞：《多湾》，浙江文艺出版社，2015，475页。

③ 周瑄璞：《多湾》，浙江文艺出版社，2015，475页。

与章四海的情爱故事：最初章四海给寡妇桃花家送吃的，桃花以身相报，后来章四海被批斗被抛弃，桃花仍然不离不弃，她坚定地守护着这个男人，“桃花叫他彻底相信，这世上还真的有一个拿着最真最热的心来贴他的人，不管世事咋变，这女人的心永远不变”①。男人有没有这样一个爱情理想？生命中有这样一个女人，能这样来对自己。女人一定有这样一个爱情理想，生命中有这样一个男人，可以让自己甘愿付出所有。桃花是许多女人的梦想，也是章西芳的梦想，她到西安后的一段段感情，感情里的一个个男人，都让她感到不值得。就像要“去面对一轮又一轮假象环生的日子”一样，女人们还要“去面对一个又一个假象环生”的男人。转朱阁的那点真情像杯水一样少而寡淡，比之章四海，差味多了。

这些女人啊，像坦阔的大地，她们在风来的时候，自自然然地去承受风，不追问不抱怨，在雨来的时候，勇敢无惧地去承受雨，不躲避不怯懦。有时候，她们遭逢了阳光雨露，就大大方方享受这上天给予的恩泽；有时候，她们遭逢了鬼蛇的冷酷折磨，就隐忍下痛苦去接受这降下的灾厄。大地真好啊！这些女人啊，又像曲折的河流，她们沿着命运的河床，平平静静地流淌。在向着前方的延伸中，她们认认真真对待着遇到

---

① 周瑄璞：《多湾》，浙江文艺出版社，2015，475页。

的一切：石头、水草、小鱼和飞鸟，甚至那前来渔猎的贪婪者。在冬去春来的日子里，她们经历了生长与衰老，但好像又地不老天不荒地长久流下去。河流真好啊！

可是，在文本提供的过去跟现在的今昔间穿行，怎么感觉差了呢？这也许是搜集材料时行走在田间地头、故人故事中的周瑄璞内心常不由自主发出的叹惋，也是她在敲击键盘，让这些人物活在屏幕上时难以抑制的感慨：过去日子真是太苦了！贫穷的折磨让身体挣扎在生死边缘，精神的折磨让心灵熬煎在许多年的痛苦中，但为什么我们反而更能"看到苦难中的信念，苦难中的温情，反而让我们感到，从前那样的生活也很好啊"？今昔相比，人的形象差了去了，人腔子里的气韵弱了去了。今夕何夕啊。

三

《多湾》的开头，周瑄璞用了流传在人们口头的歌谣："蚂蚱经，蚂蚱经/蚂蚱本是土里生/蚂蚱长了八个月/一霜打得直撅撅/草窠里，得了病/豆窠里，着了重//芝麻窠里丧了命……"[①]她急切深情地一下子将自己的写作情绪带到了那

① 周瑄璞：《多湾》，浙江文艺出版社，2015，475页。

个对她来说有特殊意义的情景氛围。然后她开始了耐心而工整的叙述，用最笨最老实的方法，从故事的开始一笔一画地写起，按照人物生活的自然铺展，用细密紧致的针一行行认真缝下去。缝主要部分，她认真，针法与针脚是一个样，缝次要部分，她也认真，针法与针脚还是那个样。周瑄璞对待这部《多湾》，就像季瓷当年绣花，“愿意搭了时间，用心去绣，管它那边是锅里水滚了还是火上房了，你只把心力放在一块巴掌大的绸子上，你的针一旦落在绷子里那片平坦紧致的绸子上，你就当它是有生命的了，每一针扎下去都能听到轻微的‘噗’的一声响。这要你的心静下来，全世界只有绣针穿过绸子这一件事”。① 太搭功夫了！

《多湾》是师承《白鹿原》的作品，“厚重”是她许多年的积攒到了必须为之如此长赋的地步。她向陈忠实老师学习的主要是创作态度与方法上的。她曾经写过几篇关于陈忠实老师的文章，其中有一篇有这几句：“在他回望的目光中缓慢而从容地走来，面目更加详尽而清晰。作家的心灵、情感、所思、所念，始终没有离开他出生、成长的土地——那一道成就他的‘原’。”②她理解并继承了他的“原”——那真诚持守的土地情

---

① 周瑄璞：《多湾》，浙江文艺出版社，2015，475 页。

② 周瑄璞：《真实依然是最有效的表达方式——读陈忠实散文集〈接通地脉〉》，《文艺报》，2012 年 9 月 24 日。

感，她理解并继承了他的创作方法——朴素自然的现实主义，她理解并继承了《白鹿原》的叙述视角——内视角与外视角结合的方式，能让叙述者既能像为亲人塑像般写出亲和与深情，同时又有一双外在的审视者的眼睛，传达一个观察者与思想者对历史、人事等的理性认识。

但是，《多湾》因对创作主体赋予了过多的深情和追求，就有了些冗笔。比如后半部分每章节前嵌入的《渔夫和金鱼》的故事，比如家族故事也不必面面俱到地交代，人物、情节、引用，如果不能在文本中生出独他而有的某些意义，可以大刀阔斧割舍掉。有时，作家主体太沉醉在那由方言营造的氛围里，就将某些无法在汉语体系里找到对应的方言词以同音字硬组合的方式表达，就给非此地域的读者造成了绕不出的困惑，造成了不必要的阅读障碍，比如“大声日撅”“不该给你们打颤”“不是任啥”，“日撅”在此是叫骂的意思，“打颤”是开玩笑的意思，“不是任啥”是你以为你是谁的轻蔑意。

《多湾》是周瑄璞写作路途上的重要一节，她完成了。那么，这个沉敛而内肆无惧、长了一根很韧的犟筋、具有强大爆发力且勤奋执着的女作家，下面会写出什么，走到哪里呢？